COLLECTION FOLIO

Régine Detambel

Petit éloge de la peau

Gallimard

Le texte de Michel Butor est publié avec l'aimable autorisation des Éditions de la Différence (*Œuvres complètes*, 2006).

Née le 7 octobre 1963 en Moselle, Régine Detambel vit aujourd'hui près de Montpellier. Enfant précoce, elle découvre très tôt la lecture, l'art et la musique, et commence à écrire. Sa vie professionnelle l'entraîne rapidement vers la kinésithérapie, qui l'initie, entre autres, à l'anatomie et à l'esthétique du corps humain. Depuis 1990, date à laquelle elle publie son premier ouvrage, *L'Amputation*, sous l'égide de Christian Bourgois et Élisabeth Gille, elle a écrit de nombreux romans, ainsi que des essais et des textes poétiques, dont *Blasons d'un corps enfantin* paru en 2000 (Fata Morgana). Ses ouvrages, traduits dans une dizaine de langues, témoignent de l'attention portée au corps jouissant ou souffrant. La vieillesse, la cruauté de l'enfance ou les métamorphoses de l'adolescence forment la matière de son œuvre. *La Verrière* (Gallimard, 1996) et *Pandémonium* (Gallimard, 2006) comptent parmi ses romans les plus aboutis. Le site Internet www.detambel.com recense l'ensemble de ses ouvrages.

Découvrez, lisez ou relisez les livres de Régine Detambel :

GRAVEURS D'ENFANCE (Folio n° 3637)

LA VERRIÈRE (Folio n° 3107)

C'est notre vêture-parchemin où le temps s'écrit, se grave et se durcit, et puis se brouille, et à la fin s'efface. Notre vêture-palimpseste toujours déjà écrite en son revers. Notre vêture-écritoire où les encres du passé et du présent en marche confluent secrètement, se contrariant, s'alourdissant ou s'allégeant.

C'est notre peau, mince comme l'instant, épaisse comme la mémoire, pareille à un ciel marin qui change incessamment de nuance, passant de la luminosité à l'obscurité.

Notre vêture de gloire et de désastre.

SYLVIE GERMAIN

Hypothèses

Le sac respirant du nu.

L'extrême dessus de la viande vraie.

La tunique rayée de la page, sa rayure hygiénique.

Une dépouille plus géométrique qu'un morceau de tissu péruvien.

Séjour de papier.

C'est dans mon écorce que circule ma sève.

La vie est en somme quelque fourmillement bizarre entièrement confiné dans une pellicule de douze à quinze millimètres d'épaisseur.

L'homme est un animal enfermé à l'extérieur de sa cage. Il s'agite hors de soi.

Je dépends de la peau qui me pense.

Une peau s'exprime en pincées.

Puisqu'elle voit avec ses mains, la peau est d'abord si vide qu'elle comprend le monde entier.

Traité des choses qui se voient les yeux fermés.

Je chanterai les sens, dit la peau. Les sens et les sensations présentes et les choses immédiates, voilà ce qui est vraiment profond.

Tout ce qui touche peut soigner.

L'être qui t'aime et l'être qui veut te tuer crient la même chose : j'aurai ta peau.

Ma peau est faite de l'étoffe même du monde.

Ma peau est faite de l'étole même des morts.

Les bords de la nature sont toujours en lambeaux.

Et cette transparence de quelques décimètres carrés doit avoir une valeur encore, à en juger par tous les ponts jetés en travers de ses plis.

Mais d'où juger la peau, le temps d'en tracer l'image à l'encre ?

Interligne

D'abord, un comble du dessèchement : autour des yeux, envahissantes et refoulées, les rides de Samuel Beckett. Puis l'œil lui-même : globe élastique, apparemment éternel et tout gonflé de quelque chose d'aqueux en train de cristalliser. La photographie a suspendu la combustion de la cigarette et le flétrissement du tour des yeux. Mais on se dit tout de même que ce qui a nourri et dopé l'œil si bleu a simultanément brûlé la chair aux orbites. À force, l'œuvre littéraire vous vampirise. Et après qu'elle vous a saigné, elle vous déshydrate.

Beckett plisse encore les yeux. Il bougonne. Il note quelque chose à propos de la défroque humaine, du tampon de chair provisoire et de la grande affaire du toucher. Il crée le théâtre de la peau. Il en pousse les portes de feutre et de corne. C'est obscur encore. Il écrit : « C'est peut-être ça que je sens, qu'il y a un dehors et un dedans et moi au milieu, c'est peut-être ça que je suis, la chose qui divise le monde en deux, d'une part le dehors, de l'autre le dedans, ça peut être mince comme une lame, je ne suis ni d'un côté ni de l'autre, je suis au milieu, je suis la cloison… »

◗

Une cloison de vent. Précisément parce que cet organe n'est pas un individu, mais bien une matière volante, une ambiance carnée, une pellicule d'atmosphère humaine, la peau feint seulement de se laisser traverser. En vérité, à la manière du miroir, elle est insondable et il faudrait au moins deux autres Alice pour en crever la surface et passer de l'autre côté, jusqu'aux eaux-mères.

Alors comment entrer — par perforation, par défloration, par précipitation d'un projectile anxieux d'entamer enfin la surface — dans ce qui n'a pas d'autre consistance que celle, évasive et flottante, de l'entre-deux ? Car la peau n'est pas une et indivisible. Elle est toujours l'interpénétration de plusieurs peaux concomitantes. Indécise, mi-claire mi-sombre, elle a au moins deux faces : feuilletée, elle fait stade, interminable transition entre deux métamorphoses. Elle est elle-même la vaporeuse frontière de l'être, en somme la fine lame d'une feuille de papier qui n'aurait ni envers ni endroit mais un seul bord et une infinité de profils, lesquels n'en finiraient pas de se perdre dans la boucle infernale d'un ruban de Möbius. De même que, dans la langue, on ne saurait isoler la sonorité de la sourde pensée qui la double, ni la pensée de son revers clinquant, la peau ne distingue pas son recto de son verso.

Le dehors — l'extérieur —, c'est le dedans élevé à l'état de mystère. Et peut-être aussi le contraire, quand la peau du monde se retourne et nous absorbe…

En guise d'illustration, car soudain le mot même de *paroi* semble privé d'ombre et de sens, la menace vertigineuse formulée par Jacques Dupin : « Tu ne m'échapperas pas, dit le livre. Tu m'ouvres et me refermes, et tu te crois dehors, mais tu es incapable de sortir car il n'y a pas de dedans. Tu es d'autant moins libre de t'échapper que le piège est ouvert. Est l'ouverture même. »

Les mues

Comment croiser la vibrante trajectoire de la peau — de ce drapé à la fois discret et manifeste, brumeux et radieux, clair et gommé, évasif et pourtant cohérent, ni proche ni lointain mais tendu, par son pli, entre les deux ? On n'y arriverait que par cette abstraction que constitue la brutale fusion du dedans et du dehors, du dessus et du dessous, de là-haut et d'ici-bas, du devant et du derrière, de l'en deçà et de l'au-delà, du *fort* et du *da*. D'où l'efficacité du bombardement solaire, rayons tout spéculatifs, projectiles virtuels, voire fumeux, tombant maintenant du ciel pour causer à cette constante dérobée un rouge déchirement, la soudure vive qui colmatera soudain tous ces tissages subtils pour les liquéfier, misérable état de cloque.

◗

Ses amis, Socrate les dissuade de la sieste. À l'heure de midi, il est préférable de rester dehors, sous le soleil, à converser. Il se penche en avant. Il écarte un peu les pieds. Il raconte qu'avant la naissance des Muses, les cigales étaient des hommes. Mais quand la voix modulée vint au monde, il y eut des êtres si amoureux de chanter que leur gorge ne perdit jamais, par la mue, son pouvoir de soprano. Ils chantaient. Cette passion leur fit oublier le boire et le manger. Ils passèrent ainsi de la vie à la mort sans même s'en apercevoir. De ces hommes naquirent les cigales. Les Muses leur accordèrent le privilège de pouvoir se passer de nourriture. Dès le moment de leur éclosion, et jusqu'à leur mort, elles chantent inlassablement, sans aucun besoin d'eau ni de sel.

La tramontane était forte, on se sentait bousculé par l'air, parfois les épaules tournaient toutes seules. Mes parents dormaient dans l'herbe. Ils avaient trente ans. Accroupie, je manipulais des fourmis comme des objets à emboîter. Le vent avait noué autour de mes oreilles une écharpe sonore. Subitement je portai la main à mes cheveux. Quelque chose s'y était pris. Puis on me vit debout, serrant contre moi une mue de cigale. C'était une charge infime mais je courbai le dos à cause de l'attention. Une cuirasse d'écrevisse. La couleur du parchemin. On voyait la mue entre mes doigts. La tramontane souffla sur la fine peau de cellophane qui s'envola en craquant.

Vers quatre heures, le vent était tombé. Un soleil aussi dur qu'une carapace d'insecte. La chaleur était pleine de pattes dardées dans tous les sens du ciel. Je chantais.

Qu'est-ce qui pourrait rendre exactement la façon dont le coup de soleil répartit soudain les membres — surtout la pointe des épaules, les genoux — en foyers actifs et crépitants ? Le coup de soleil ne foudroie pas, ne noircit pas, sa serre ne déchiquette pas. Il se répand plutôt comme une nappe, un métal fondant, une poix. On pourrait même dire qu'il fait le ruban, tant sa façon de s'installer est lente et pénétrante. Je ne connais encore des couleurs que les crayons de ma trousse, et j'ai soudain le frisson devant l'arrogance et la vivacité de mes propres roses. On me tire vite à l'ombre en me montrant le ciel avec une haine panique. Puis la douleur me cuit vivante. Cela mord comme un hameçon dans la tête d'un petit poisson. À mesure que le soir tombe, je rougis vivement et revêt, pièce par pièce, une armure convexe et rutilante.

Voilà à peu près à quoi ressembla mon premier combat singulier avec le soleil.

Nus et crus

Résultat d'une mise en peau.

◗

Parmi ceux qui vont nus, à jamais vêtus de leur seule peau, serrant pêle-mêle dans leur maigre sac leur sérum, leurs saletés, leurs corpuscules et leurs caillots : le ver et l'homme. On a pu croire orgueilleusement que le papillon faisait partie du lot, notre égal, au fond guère mieux armé que nous autres, car son pigment géométrique lui tient lieu à la fois d'être et de muraille. Certes il n'a pas reçu de pince caparaçonnée, comme la langouste, pour découper son ennemi, et n'exhibe ni griffe, ni blindage, ni décharge électrique, comme la torpille, ni jet d'encre, comme la seiche. Non plus serre, corne ou ventouse. Il ignore tout à fait que l'huître a inventé la coquille et le crabe la carapace. Que le poisson a sécrété l'écaille pour faire face au gonflement de la peau de la mer. Que le mammouth savait carder la laine et que la plume est toujours imperméable. Que même les tortues ont reçu en naissant une sorte de domicile durable.

Et pourtant, au bout du compte, le papillon est mieux loti que la race humaine, puisque ce seigneur travesti porte le manteau d'invisibilité. Sa couleur est camouflage, et les ocelles tatouées sur ses ailes font masque intimidant.

Les nus de ma famille humaine :

Mon grand-père, immense et chauve, qui jardine en marcel. Au bras gauche, la cicatrice grise d'un éclat d'obus. On n'est pas frôlé impunément par la guerre. La cicatrice continue de le brûler, de le piquer. Il y a là-dedans quelque chose de vivant encore, et d'outré, une étincelle de jeunesse qui se révolte. D'ailleurs, ça ne bronzera jamais.

Moi. Je pèle une pomme. Mais la lame du couteau, déviée, fuyant son orbite, est attirée dans les parages de ma pulpe et contrainte de fendre l'atmosphère qui m'entoure, c'est-à-dire ma peau, puis la chair elle-même. Ensuite, la lame poursuit son chemin dans l'espace jusqu'à ce que le bord de la table l'arrête. Ne raye pas le formica, dit maman. Je saigne. Je mets le doigt dans la bouche et je tète. Alors seulement, quand la coupure est propre, imprégnée de salive et déjà se cicatrisant, je me rends compte qu'il demeure là-dedans, dans cette ruelle minuscule, une douleur extrêmement compliquée, rouge et or, très concentrée. J'ai peine à croire que ce tourment assourdissant provient de cette blessure infime.

Mon père : sur sa joue le petit angiome que je prenais pour une inclusion de graphite, sous prétexte qu'il avait été, un temps, mineur de fond.

Ma mère dore. Le soleil est son université d'été.

Après la punition, ma sœur disait : Je gratte la fessée. Du bout des ongles sur sa cuisse, comme on décolle une décalcomanie, elle s'appliquait à en faire disparaître toute trace.

Les éphélides de ma grand-mère sur sa peau de lait mais les racines noires de ses cheveux au front. Une tignasse de jais, avouait-elle.

◗

L'araignée défendue par sa toile.
L'humain filant sans fin sa voile.

Pardessus

Joseph, fils de Jacob et de Rachel, fut vendu par ses frères à un marchand d'esclaves. La jalousie le fit intendant de Putiphar. Un jour, la femme de Putiphar désira coucher avec lui. Il refusa. Elle s'accrocha à lui de tous ses ongles, mais Joseph prit la fuite en lui abandonnant son manteau, une touffe de cheveux et un peu de peau de la joue. Ce manteau — coquille abandonnée — servit de preuve à la femme. Elle le brandit. Elle accusa Joseph d'avoir tenté d'abuser d'elle.

◗

La pensée est un don du manteau.

J'habite un manteau mouvant, qui me pense, écrit Paul Valéry.

Alain dit que la forme humaine est quelque chose qu'on ne peut pas rompre. Qu'il faut penser dans ce sac de peau.

◗

Balzac posa plusieurs fois devant Nadar pour son portrait photographique. Mais il se sentait mal à l'aise devant le nouveau prodige. Il ne pouvait se défendre d'une appréhension vague de l'opération daguerrienne. En vérité, rapporte Nadar, ces séances lui furent supplice. Le gros se prenait pour un oignon. Selon lui, chaque corps dans la nature se trouve composé de multiples séries de spectres, en couches superposées. Chacun est donc un feuilleté de pellicules infinitésimales. Or l'opération daguerrienne venait surprendre, détacher et retenir, en se l'appliquant, une des couches du corps saisi.

À force, on disparaissait.

La corne, le durillon, le cal, la peau morte sont des documents humbles mais bien plus bavards que le sang. Comme le papyrus ou les tessons de terre cuite, ils gardent la trace chiffrée des travaux et des tâches, en sont la longue liste ouvrière, répétitive. L'imagination ne donne pas de cor, la rêverie ne fabrique pas de corne. Mais tout ce qui se répète et peut se considérer comme un labeur garnit la chair tendre d'une sorte de protection hâtive qu'il faut voir comme une blouse, un bleu, une salopette, bref l'un de ces vêtements indéchirables que l'on porte seulement pour peiner.

J'ai dix ans. Les durillons à la base de mes doigts donnent directement le poids des livres et la longueur du trajet que j'accomplis chaque matin, le cartable à bout de bras, jusqu'à l'abribus. La corne joue ainsi chaque jour son rôle de moucharde à qui rien n'échappera. De même, les heures passées à lire sont aussitôt transcrites sur mon coude droit, qui pèle : des écailles, les bords racornis de la terre brûlée — précisément ces longs marais asséchés par lambeaux que ma grand-mère note REG dans les mots croisés de *Jours de France*. Les lunettes ont creusé des ornières sur mes oreilles. La petite boule scolaire et durillonne qui se forme sur la dernière phalange de mon majeur droit indique combien de temps j'ai écrit ce matin, si j'ai employé, pour la dictée, le critérium au corps métallique et grumeleux ou bien le porte-plume à section triangulaire. Les jours où j'ai recopié deux cents fois *Je ne dois pas bavarder en classe*, elle flamboie comme un mamelon.

◗

Je n'ai ni pelage ni griffes. Si ma peau est tout juste bonne à retenir mon âme, c'est la faute à Épiméthée, l'imprévoyant !

Lorsque cet étourdi fut chargé par l'Olympe de doter les créatures en armes et en engins de survie, il donna tout aux bêtes. Et quand fut épuisé son trésor de sabots, d'écailles et de dents, alors il s'aperçut que l'homme avait été oublié dans la distribution. Pour lui ne restait rien. Rien du tout. Peau de balle et balai de crin ! La peau ! Sur ce arrive Prométhée. Il est tout l'opposé de son frère. Il vient contrôler la répartition des biens naturels. Il fronce les sourcils. Il voit que les hommes sont nus, sans couverture, sans armes. Alors il place, dans la tige d'une férule, la semence du feu dérobé à la forge d'Héphaïstos. Aux hommes il tend ce bâton creux. Il dit par ce geste leur offrir le salut. Ils auront désormais la maîtrise des arts et des techniques. Les hommes se courbent pour le remercier. Pourtant on les dirait, par le feu, rendus tout à la fois malades de terreur et fous de joie. Parfois ils jouent comme des lutins avec ce monde lumineux et les forêts commencent à brûler.

Mais Prométhée, enchaîné sur son rocher, a bien d'autres chats à fouetter.

Boutefeu

Avec ses cicatrices, avec sa robe géométrique, le papier d'Antonin Artaud semble une peau tout animée d'hiéroglyphes. Et déchiffrer ces bien petites figures l'intrigue. Mais un jour que les figures se taisent décidément sous sa main, Artaud ajoute à la panoplie de l'écrivain la trousse du tourmenteur. Il peut sonder, tailler, limer, trouer et déchiqueter sans que jamais, par père ou par mère, le subjectile ne se plaigne.

C'en est fini du puissant manuscrit, de l'enveloppe souple et ferme qui aurait dû délimiter et unifier l'écrivain.

Et comme le papier est un mauvais infini, Artaud, lassé, finit par y bouter le feu. Il brûle et perfore cette peau avec une allumette. Il laboure par la flamme, il sarcle par le Bic la façon d'être de sa page. À tout bout de champ, il enflamme ce porte-empreintes et le voilà spectateur de sa propre chair en proie aux flammes. La page reste debout dans l'étincelle. Il danse. Sa main écrit sur le papier qui alimente la flamme qui brûle sa chair qui récrit sa peau sur la flamme qui danse. Il est vêtu d'un long manteau roussi. Il est tranquille. Même brûler la bibliothèque d'Alexandrie ne tuerait pas les livres car au-dessus et en dehors des papyrus, il y a des forces — il en est convaincu — dont rien jamais ne supprimera l'énergie.

◗

Chaud devant !
Pas touche !

◗

La Biafine et le tulle gras n'ont jamais arrêté le feu. Devant la plaque électrique, je baisserai désormais les yeux comme une mystique devant le soleil qui l'aveugle.

Je me souviens que, la même année, on me donna en pâture à l'école des leçons de Jeanne d'Arc, des histoires de buissons ardents, et saint Laurent sur son gril, qui conduit tout le martyrologe des grands brûlés de l'Histoire, quand il dit, à l'intention de Dèce : « Ça y est, misérable, tu as rôti un côté ; retourne l'autre à présent, et mange ! »

Se brûler, c'est se laisser gondoler par la douleur et la voir ensuite, comme conduite le long de soi, manœuvrer ses marteaux — des outils efficaces et neufs —, faire sauter tous les courages comme des clous tordus, frotter chaque phalange à la paille de fer jusqu'à vous réduire à l'état de housse ou d'étang d'eau morte.

Ce qui est pire encore, avec la brûlure, c'est qu'elle poursuit son chemin, et rien, même sucer un chocolat glacé, même voûtée et dolente regarder la télévision, ne peut freiner son évolution. La brûlure progresse par degrés comme la fièvre et les séismes. Une fois l'étincelle en moi, je sais que je continuerai de brûler, que je suis à mon tour désormais une petite braise. Qu'être réduite en cendres serait un moindre mal.

Restent les cloques. Elles sont protégées par le tulle gras, pas condamnées. Je soulève le pansement. Une cloque est comme une ampoule hermétiquement close. Je pince cette hutte de peau. La cloque crève silencieusement. Ses parois s'avachissent et se rabattent. Il s'en écoule non pas le jus trop clair d'une viande de malade mais quelques gouttes à peine d'un liquide salé et merveilleux qui ressemble à l'eau de mer réchauffée dans une poche, au creux d'un coquillage vivant. Il est revigorant de goûter cela.

◗

Du livre ou de l'homme, qui donc brûle à 451 degrés Fahrenheit ? Bûcher ou autodafé, tous deux furent jetés dans les bras de la suie.

◗

Peau ignifugée. Étanche comme une toile de parachute. Élastique comme un cascadeur.

Sébum : film protecteur, provocateur.

◗

En 1939, le carabin Joseph Beuys s'engagea dans la *Luftwaffe* comme pilote d'attaque mais il fut abattu en survolant la Crimée et brûlé, à la fois par le feu et par la glace. Une tribu tatare le recueillit. On soigna aussitôt les plaies identiques causées par la neige et par la flamme. Pour ce faire, on enveloppa Beuys dans un linceul de feutre, étroit comme le ventre d'une mère, qui rapprocha les berges de ses plaies. On l'enduisit plusieurs fois par jour de graisse, qu'on apportait par pains entiers, qui puait, qui le nourrit, qui régénéra sa peau grillée et finit par la réparer tout à fait.

Rétabli, le brûlé plaça la graisse (isolante, réparatrice, modelable, d'une viscosité compacte, capable d'un grand amour agglutinant) et le feutre (calorifique, protecteur) aux deux extrémités des axes fondamentaux de sa théorie de la sculpture.

En 1965, Beuys, le visage oint de miel et d'or liquide, parle à un lièvre mort, qu'il tient dans ses bras. L'artiste est assis sur un tabouret dont l'un des pieds est enrubanné de feutre. Lui-même a posé un pied sur une semelle de feutre, l'autre sur une semelle de fonte.

En1984, au musée national d'Art moderne de Paris, Joseph Beuys remplace le feutre usé dont il avait enveloppé le piano d'*Infiltration homogène pour piano à queue.* Mais il ne jette pas la dépouille de l'instrument. Il s'est ravisé. Il décide plutôt de la suspendre à côté. Ce geste, il l'intitule *La Peau.*

Piano vidé comme un lapin. Piano mourant et pourrissant. Mue de piano, portant encore les plaies et les cicatrices de la bête.

Mon corps est un costume de feutre sans boutons ni passementerie. Sans aucun espoir de médaille.

Greffon

Faire peau neuve.

◗

Se mettre dans la peau du personnage.

◗

Au dire de Jacques de Voragine, Barthélemy croyait avec fougue.

Un jour, il brisa des idoles païennes et convertit le frère du roi Astyage. Alors tous les prêtres des temples se rassemblèrent pour aller trouver ce grand roi afin de se plaindre auprès de lui de la perte de leurs dieux. Le roi Astyage s'indigna en effet et envoya mille hommes armés pour capturer l'apôtre. « Tu as brisé nos idoles, mon dieu Baldach est tombé et il est en morceaux », déclara Astyage en déchirant la pourpre dont il était vêtu. Puis il ordonna qu'on fouette Barthélemy et qu'on l'écorche vif, ce qui fut sans doute une manière de dépecer au couteau, dans une sorte de geste symétrique, et lambeau par lambeau, la pourpre dont tout homme, roi ou manant, est pourvu dès sa naissance, comme d'une riche doublure.

Saint Barthélemy est fêté le 24 août en Occident. Il est le patron des bouchers, des tanneurs et des relieurs.

La Sixtine. Entre 1536 et 1541, Michel-Ange, se plaignant du mal de cou et de la peinture dans sa barbe, y peint à fresque son *Jugement dernier*. Marie couve son fils chéri et jubile sans ostentation. Aux pieds de Jésus, dont le bras droit, levé, danse, sont assis les patrons de Rome : saint Laurent, l'épaule gauche passée dans son gril, sifflote comme un vitrier portant sa courte échelle, puis saint Barthélemy, barbu et musculeux, tient négligemment sa peau écorchée, par le col, comme un pardessus mastic et mou. Là, à même la sainte défroque dont les bras pendent comme les pattes d'un chiot qu'on a saisi par la peau du cou, Michel-Ange a peint son autoportrait.

Un détail technique : cet autoportrait est une anamorphose car la guenille de saint Barthélemy, grossier drapé plissé par son propre poids, ondule. Subtilement déformés pour la vision de face, les traits du peintre se rétabliraient virtuellement par le déplacement du spectateur ou, plus vrai, par l'opération intellectuelle qui déplisserait la dépouille du martyr, la dériderait, la retendrait, élastique et barbue.

Ainsi saint Barthélemy, pelé vif, ressuscitera-t-il sous les traits ingrats de Michel-Ange, qui lui a greffé sa propre gueule cassée. Par ce subterfuge, les mimiques de la douleur, les muscles faciaux atrocement contractés, les lèvres disloquées par la terreur, la langue contractée dans la prière, les paupières crispées jusqu'au sang sur des visions d'hymnes, de louanges et de cierges, puis arrachées comme de l'écorce fraîche, nous ont été épargnées.

Jusepe de Ribera aima les nus, le raccourci et les ténèbres de Caravage. Entre tous, il préférait le cuir des Pères du désert, minés par le soleil, la pénitence et les moustiques. Il peignit un Archimède en haillons, édenté, tanné par la canicule de Syracuse. Au musée du Prado, on a accroché son grand *Martyre de saint Barthélemy.* Il aima aussi les enfants boiteux, pour la plupart couverts de dartres. Et les vieillardes, pour la débandade de leur peau.

Avec quelle furie et quelle volupté
Tu retournes la peau du martyr qu'on écorche,
Pour nous en faire voir l'envers ensanglanté !

D'où te vient, Ribera, cet instinct meurtrier ?
Quelle dent t'a mordu, qui te donne la rage,
Pour tordre ainsi l'espèce humaine et la broyer ?

C'est Théophile Gautier, que n'effrayaient pourtant ni les masques usés des comédiens ni les bandelettes des momies, qui composa ces reproches à Ribera.

Le lazaret de Flaubert

La partie centrale du retable d'Issenheim peint par Matthias Grünewald : Jésus pendu à la croix, couvert de blessures purulentes ; saint Jean-Baptiste pointant de l'index ce corps brisé, livide, vert, blanc, jaune, ocre. C'est le retable des Ardents. Ce mal, provoqué par l'ergot de seigle, installait la gangrène aux extrémités et une extrême chaleur d'entrailles. Tout ce tintouin s'accompagnait des hallucinations que peignit Jérôme Bosch.

En ces temps de pain maudit, le retable joua son double rôle de thérapeute et de tonique : il accompagnait les malades dans leurs souffrances et le Christ, comme une planche de pédagogue, y figurait un mémento dermatologique du mal dans sa phase aiguë.

◗

Des masques africains ont la bouche tordue et le bout du nez tombant. On les orne de telle plaie ou de telle blessure pour se protéger de la lèpre.

◗

J'ai là trois preuves que Gustave Flaubert s'était fait le champion du mou, de l'informe, du pendant et de la rédemption par l'ulcère.

Voici le portrait de Hannon, dans *Salammbô*.

Il avait des bottines en feutre noir, semées de lunes d'argent. Des bandelettes, comme autour d'une momie, s'enroulaient à ses jambes, et la chair passait entre les linges croisés. Son ventre débordait sur la jaquette écarlate qui lui couvrait les cuisses ; les plis de son cou retombaient jusqu'à sa poitrine comme des fanons de bœuf, sa tunique, où des fleurs étaient peintes, craquait aux aisselles ; il portait une écharpe, une ceinture et un large manteau noir à doubles manches lacées. L'abondance de ses vêtements, son grand collier de pierres bleues, ses agrafes d'or et ses lourds pendants d'oreilles ne rendaient que plus hideuse sa difformité. On aurait dit quelque grosse idole ébauchée dans un bloc de pierre ; car une lèpre pâle, étendue sur tout son corps, lui donnait l'apparence d'une chose inerte. Cependant son nez, crochu comme un bec de vautour, se dilatait violemment, afin d'aspirer l'air, et ses petits yeux, aux cils collés, brillaient d'un éclat dur et métallique. Il tenait à la main une spatule d'aloès, pour se gratter la peau.

Ils s'écartèrent, et je vis que tous avaient un côté du visage sans peau et qui saignait lentement. Ils soulevèrent tous mes vêtements, et tous avaient du sang. Puis ils se mirent à manger, et le pain qu'ils rompirent laissait échapper du sang qui tombait goutte à goutte. Et ils se mirent à rire comme le râle d'un mourant.

Ce cauchemar naît des *Mémoires d'un fou.*

Julien était jeune. Le vent tannait sa peau. Ses membres se durcirent par le contact des armures. Et comme il était très fort, courageux, tempérant, avisé, il obtint sans peine le commandement d'une compagnie.

Un jour, son chemin croisa celui d'un vagabond. Il était enveloppé d'une toile en lambeaux, la figure pareille à un masque de plâtre et les deux yeux plus rouges que des charbons. En approchant de lui la lanterne, Julien s'aperçut qu'une lèpre hideuse le recouvrait. L'espèce de linceul qu'il portait était tombé jusqu'à ses hanches, et ses épaules, sa poitrine, ses bras maigres disparaissaient sous des plaques de pustules écailleuses. Des rides énormes labouraient son front. Tel un squelette, il avait un trou à la place du nez. « J'ai faim ! » dit le lépreux. Julien lui donna ce qu'il possédait : un vieux quartier de lard et des croûtes de pain.

Quand le lépreux les eut dévorés, la table, l'écuelle et le manche du couteau portaient les mêmes taches que l'on voyait sur son corps.

« J'ai froid ! dit le lépreux. C'est comme de la glace dans mes os ! Viens près de moi ! » Et Julien, écartant la toile, se coucha sur les feuilles mortes, près de lui, côte à côte. Le lépreux tourna la tête et dit : « Déshabille-toi, pour que j'aie la chaleur de ton corps ! » Julien ôta ses vêtements. Puis, nu comme au jour de sa naissance, se replaça dans le lit. Il sentait contre sa cuisse la peau du lépreux, plus froide qu'un serpent et rude comme une lime. « Rapproche-toi, réchauffe-moi ! Pas avec les mains ! Non ! Toute ta personne. » Alors Julien s'étala dessus complètement, bouche contre bouche, poitrine sur poitrine. Et le lépreux l'étreignit. Ses yeux tout à coup prirent une clarté d'étoiles. Ses cheveux s'allongèrent comme les rais du soleil. Le souffle de ses narines avait la douceur des roses. Un nuage d'encens s'éleva du foyer, les flots chantaient. Cependant une abondance de délices, une joie surhumaine descendait comme une inondation dans l'âme de Julien pâmé. Et celui dont les bras le serraient toujours grandissait, grandissait, touchant de sa tête et de ses pieds les deux murs de la cabane. Le toit s'envola, le firmament se déployait. Et Julien monta vers les espaces bleus, face à face avec Notre Seigneur Jésus, qui l'emportait dans le ciel.

Voilà l'histoire de saint Julien l'Hospitalier, telle à peu près que la raconte Flaubert.

Topo

1858. De la simple torsion d'un ruban naissent spontanément les deux anneaux d'un huit. La topologie invente le ruban de Möbius, surface improbable pour laquelle les notions d'envers et d'endroit n'ont plus court. C'est la fin du Janus bicéphale, l'effondrement de la dichotomie recto/verso, et l'avènement de la subtile géométrie des épithéliums.

Jacques Lacan ne cessera de raffiner sur ce modèle. Le ruban de Möbius, dont il fait son « huit intérieur », il le dotera de nœuds et d'entrelacs. Doué de bords et de sutures, de trous et de déhiscences, de boucles et de lacets, et solidement charpenté sur la tresse formée des fils du réel, de l'imaginaire et du symbolique, le sujet lacanien est désormais tendu comme un tissage où bourdonnent incessamment les navettes.

1873. Découverte du bacille de la lèpre par Hansen, au tout début de l'ère pasteurienne, avant même le bacille tuberculeux. Contre tout l'Occident médiéval, contre toutes les inhumaines condamnations religieuses, on prouve qu'elle est en définitive fort peu contagieuse.

1884. Découverte des récepteurs perceptifs de la peau. On montre que les quatre sensibilités élémentaires (tact, chaud, froid, douleur) ne se répartissent pas de façon uniforme au sein des téguments. On peut au contraire trouver des régions de très petite surface (quelques millimètres carrés) où existe une sensibilité exquise pour les diverses sortes de stimuli. Ainsi se fait jour la notion de points de chaud, de froid… La peau n'en fait qu'à sa tête.

1950. La peau n'est pas une surface, mais une interface. Le mot vient d'être forgé. Il désigne la frange de séparation entre deux états distincts de la matière, la limite commune entre deux systèmes, qui permet entre eux des échanges d'informations. L'homme n'est pas un système isolé. Sur sa peau se joue l'interconnexité des choses de ce monde. Grâce à cette antenne enveloppante, les moindres changements que l'œil n'aperçoit que longtemps après dans la consistance, la texture, le désir ou l'apaisement des choses mondaines, l'homme le sent au même instant.

◗

Ils ignoraient donc tout cela, vers 1840, les premiers adorateurs de la peau. Pourtant ils y venaient. Ils s'y rendaient par la bande. La preuve : Flaubert et sa lèpre, ce flou soudain posé sur la limite entre l'étoffe et la peau, entre le monde et moi, entre ton corps et le mien. Par le lépreux, Flaubert touchait déjà au criant mystère de l'apparence et du reflet. L'identité est dans les traits du visage et dans les empreintes du bout des doigts. Par le lépreux houssé de gris, brandissant sa crécelle, paria presque manchot, mort civilement, séparé à jamais du monde, il dit déjà, par sa peau, plus une affliction de l'âme qu'une affection du corps.

Ils étaient également sans savoir que la science de la fin de leur siècle, abandonnant la vieille dialectique de l'écorce et du noyau, autoriserait bientôt ce paradoxe : le centre de l'homme est situé à sa périphérie.

On n'avait pas encore conclu, en leur temps, qu'un saut s'était opéré, que le vivant se vêtant de peau en était arrivé à l'acte primordial : se retourner, mettre à la surface sa sensibilité et remiser au fond le tissu solide dans lequel il se barricadait autrefois, la colonne vertébrale, le squelette calcifié, première pierre sur laquelle il bâtit désormais le corps. Aussitôt le dehors du dedans (le cortex et la peau, ces êtres de surface) allait permettre à l'homme une vie informée, mobile et pétillante.

La médecine d'alors n'avait pas démontré clairement qu'au stade de la *gastrula*, l'embryon prend la forme d'un sac qui présente alors deux feuillets : l'ectoderme et l'endoderme. Que l'ectoderme, lui, donne naissance à la peau, aux organes des sens et au cerveau. Que cette peau est d'abord une monstrueuse mémoire maternelle. Qu'elle est aussi une frontière, première forme de l'individualité, dont l'enfant apprendra la pertinence dans ses premières expériences de contact. Que la sensibilité cutanée, à la fois érotique et culturelle, à la fois liée à l'être psychique et à l'être social, ne perd jamais sa fonction balancée entre la perception d'une limite et la porosité de la clôture. Que la peau permet au nourrisson de faire l'expérience du monde dans ses plis, qu'elle tient désormais l'univers autour de lui, annexe ou prolongement de l'enfant lui-même. Que le monde est désormais incrusté dans sa chair, qu'il le traînera toujours après lui. Que le monde est l'étoffe de la peau. Sa richesse et son intensité.

« Si tu me possèdes, tu posséderas tout, dit le monde dans la peau.

— Je veux vivre avec excès », dit l'enfant.

Des taches et des tabous

L'aura vertigineuse de l'envers appela aussi Balzac. Celui qui, de *La Peau de chagrin* au *Chef-d'œuvre inconnu,* avait déjà fait chatoyer la moire de la surface se saisit, dans *L'Envers de l'histoire contemporaine,* du brillant sujet des phanères. Ongle, corne et cheveux émanent de la peau, sont du même monde inquiétant et nouveau. D'autant plus que, pendant un certain temps, la mort corporelle n'affecte guère leur croissance.

Dès 1830, les traités médicaux spécialisés dans les maladies de la peau et des phanères (les cheveux, les poils qu'horripilent des muscles, les ongles) créaient une entrée pour une étrange affection de la chevelure décrite sous le nom de *plica neuropathica*. Elle désignait l'apparition, chez des sujets présentant des symptômes hystériques, d'une masse de cheveux impossible à démêler, ébouriffée, hérissée, d'un feutrage, d'un vrai nid d'oiseau.

Vanda de Mergi souffre de cette jeune affection. Balzac ne rechignera pas à un très riche tableau clinique : paralysie, attaque de catalepsie, spasmes musculaires avec contractures du tronc raidi en arc de cercle, la figure typique des grandes crises hystériques. À cette cascade de signes, l'on peut encore ajouter — puisque la nature humaine semble parfois capable de tout supporter — de l'hydrophobie, des accès de fureur et même l'aboiement des chiens, un aboiement qu'elle imite, mélancolique… Cet état de délabrement du corps confine Vanda au lit depuis des années, toutes fonctions naturelles perverties. Elle n'a plus la puissance — ou la volonté — de se mouvoir, on la soulève de son matelas par un système de palan.

En vérité, c'est un secret de famille qui la travaille jusqu'au supplice. Le dénouement la délivrera du secret, dénouant, par la même occasion, le nid de sa chevelure. Car le secret est toujours une tache, une souillure et la principale source constitutive des maux psychiques. Le cuir chevelu souffrant de la jeune femme était la source parlante, le lieu oblique et poreux de sa plainte.

Ce secret, noueur de chevelure : le père de Vanda est un ancien procureur général déchu qui exerça jadis sa charge sans pitié. Il fit ainsi condamner injustement Mme de La Chanterie à la prison et guillotiner sa fille… Telle est la faute morale du père, inconsciemment supportée par la chevelure de Vanda.

Le lien — déjà tissé par Hugo — est désormais solide entre la faute et sa projection névrotique, bref entre la tache et la peau.

◗

Les Grecs avaient inventé le stigmate. Gravé au couteau ou au fer rouge, ce signe à la peau proclamait un esclave, un criminel, un traître, tout individu frappé d'infamie, rituellement impur et qu'il fallait tenter d'éviter à tout prix dans les lieux publics.

Le christianisme fit des stigmates les cinq plaies infligées au corps du Christ.

La psychiatrie du XIXe siècle a révélé les stigmates physiques ou psychiques des dégénérés, de la syphilis ou de l'hystérie.

La tache congénitale provient de la mère, elle convoque ses péchés ou ses fringales de fraises. Mais, depuis Caïn, la tache marque le meurtre originel. L'inscription qu'a portée le doigt de Dieu sur le front du meurtrier à la fois marque sa faute et le protège de la vengeance. L'inscription l'exclut, rappelle la transgression, mais en même temps pose des limites, éloigne la violence.

Dieu fut ainsi le premier tatoueur.

◗

Dans *La Colonie pénitentiaire*, Franz Kafka substitua au doigt marqueur de Dieu la herse qui grave à même le coupable le texte de la loi qu'il a violée.

Sur un lit, recouvert d'une couche d'ouate, on attache le condamné à plat ventre, tout nu, naturellement. On a construit la herse en verre. À travers le verre, tout le monde peut voir l'inscription se graver sur le corps du condamné. On ne se sert évidemment pas d'une écriture simple, elle ne doit pas tuer sur-le-champ, mais en moyenne dans un délai de douze heures. Il faut donc que l'écriture proprement dite s'accompagne d'une foule d'arabesques. L'inscription même n'entoure le corps que d'une étroite ceinture. Le reste de la peau est destiné aux ornements.

Il y a deux sortes d'aiguilles : la longue écrit et la courte projette de l'eau pour laver le sang et conserver l'inscription nette.

Le fonctionnement : la herse commence à écrire ; quand elle a fini de couvrir le dos, la couche d'ouate roule et retourne lentement le corps pour offrir une nouvelle place à la herse. Pendant ce temps, les endroits à vif viennent se coller contre l'ouate qui arrête immédiatement l'hémorragie grâce à sa préparation spéciale et les apprête à recevoir une inscription plus profonde. Ces petites dents au bord de la herse décollent l'ouate des plaies. À mesure que le corps tourne, elles expédient cette ouate dans la fosse et la herse peut poursuivre son travail. Elle écrit ainsi douze heures, de plus en plus profondément. Pendant les six premières, le condamné vit à peu près autant qu'avant, il souffre seulement. Mais comme il devient calme à la sixième heure ! L'esprit le plus stupide s'ouvre alors. L'homme commence à déchiffrer l'inscription, il avance les lèvres comme s'il épiait. Vous avez vu qu'il n'est pas facile de lire cette écriture avec les yeux. Eh bien, l'homme la déchiffre avec ses plaies ! C'est un gros travail, certainement. Il lui faut six heures pour finir. À ce moment, la herse l'embroche complètement et le jette dans la fosse où il tombe en faisant « plouf » sur l'ouate et l'eau sanglante.

La justice a fini son œuvre.

Le peintre italien Lucio Fontana est parmi les premiers à lacérer le puissant espace de la toile et à la crever systématiquement. Les entailles et les coups de poinçon de ses *Concepts spatiaux* ouvrent comme une herse la nouvelle ère de la peinture.

Saucissonnades

Il lui est arrivé plusieurs fois déjà, sur les routes de Serbie, de voir imprimé dans la boue de la route un chien mort, écrasé par les chenilles d'un char. Le profil d'un chien dessiné sur le tableau noir de la route avec un crayon rouge. Un tapis en peau de chien.

À Janpol, en Ukraine, au mois de juillet 1941, Curzio Malaparte a vu, dans la poussière de la route, au beau milieu du village, un tapis en peau humaine. C'était un homme écrasé par les chenilles d'un char. Le visage avait pris une forme carrée. La poitrine et le ventre s'étaient élargis et mis de travers, en losange. Les jambes écartées et les bras un peu détachés du tronc ressemblaient aux pantalons et aux manches d'un costume fraîchement repassé. C'était un homme mort.

Maintenant, voici pourquoi le récit guerrier de Curzio Malaparte s'intitule *La Peau.*

Donc là, devant Malaparte, gisait l'homme écrasé par les chenilles d'un blindé. Quelques soldats arrivèrent et se mirent à décoller de la poussière ce profil d'homme mort. Ils soulevèrent tout doucement, avec la pointe de leur bêche, les bords de ce dessin, comme on soulève les bords d'un tapis. C'était un tapis de peau humaine, et la trame était une mince armature osseuse, une véritable toile d'araignée faite d'os écrasés. On eût dit un vêtement amidonné, une peau d'homme amidonnée.

Quand le tapis de peau humaine fut complètement détaché de la poussière, un soldat y piqua la pointe de sa bêche, du côté de la tête, et se mit en route avec ce drapeau. Cette peau humaine pendait et se balançait dans le vent comme un véritable étendard. Alors quelqu'un dit : « Il est écrit que ce drapeau est celui de notre véritable patrie. Un drapeau de peau humaine. Notre véritable patrie est notre peau. »

Mange ton poing et garde l'autre pour demain.

À force d'engouffrer les doigts dans la bouche pour me ronger les ongles jusqu'à la quintessence (le lit mouillé de l'ongle, qui sent l'amande), j'en avais repéré les meilleurs morceaux. Ce sont les envies. Ces lambeaux de peau sèche et salée, qui se détachent autour des ongles, causent une assez vive douleur quand on les arrache entre les incisives. Si on ne flanche pas devant le mal infligé, c'est qu'elles ont un goût vraiment délicieux, les envies. De viande séchée et fumée. En quelque sorte, c'est bon comme du pemmican, une nourriture de trappeur ou de rameur solitaire qui espère les côtes de l'Afrique ; et puis c'est économique et nourrissant, plus noble que la peau de saucisson, plus odorant aussi, à consommer en longues lamelles, à même la carcasse de la bête. Ainsi passe-t-on le temps d'une récréation à s'arracher, à se bouffer, à s'écorcher.

◗

Il est vraiment fâcheux que vous ne soyez pas venus une heure plus tôt, dit le bourreau chinois. Vous auriez vu quelque chose de très beau, et qu'on ne voit pas tous les jours. Un travail extraordinaire ! J'ai retaillé un homme, des pieds à la tête, après lui avoir enlevé toute la peau. Il était si mal bâti !

◗

Pu Songling, chroniqueur de l'étrange, raconte que l'épouse d'un marchand de Pékin gardait à la maison un chien blanc. Ce chien, elle l'avait incité d'abord, puis habitué ensuite, à des rapports charnels avec elle.

Un soir que le marchand voulait se mettre au lit avec sa femme, le chien, fou de jalousie, sauta sur la couche et égorgea son maître. Mais comme la femme continuait, les jours suivants, de passer lentement les mains dans la fourrure du chien blanc et de s'enfermer avec lui, la chose s'ébruita dans le quartier. On porta plainte auprès des autorités. Et l'épouse infidèle fut soumise à la question. Elle se refusait aux aveux, on fit amener le chien. À la vue de sa maîtresse, il s'élança sur elle et se mit à déchirer ses vêtements pour pouvoir la pénétrer.

Cette femme était très belle. Malgré la peine, son cou fin restait joliment incliné. Elle laissait voir une peau blanche comme des fleurs de pêcher, sans fard ni parfum, sans poudre étalée sur le visage. Ses sourcils, ses aisselles et les poils de son sexe étaient comme des plumes de martin-pêcheur.

Le préfet dépêcha alors deux gardes chargés de livrer, l'un l'humaine créature, l'autre le chien, à la cour du gouverneur de la province. Ils furent emprisonnés séparément, mais ceux qui désiraient les voir copuler — la fourrure blanche du chien couvrant la peau fleur de pêcher et le sexe comme des plumes de martin-pêcheur — soudoyaient les gardes, qui les tiraient de leur geôle et les forçaient à s'accoupler.

La femme et le chien furent par la suite tous deux condamnés à mort par le même supplice. On les dépeça pouce à pouce, la blanche fourrure et la peau de pêche.

La première phase du supplice de la femme consista à détacher la peau de son front de pêche et à la lui faire retomber sur les yeux. Le bourreau déclara qu'il avait voulu, au moyen de ce voile sanglant, se dérober au regard de sa victime et à ses sourcils brillants comme plumes de martin-pêcheur.

Quand la peau est arrachée, quand tous les membres sont coupés, le cœur bat toujours. Et comme personne, ni parents ni amis, n'avait payé le bourreau, le grand exécuteur ne versa pas d'opium dans l'écuelle des condamnés pour obnubiler leurs sensations.

Au détour d'une allée, des badauds croisèrent, portée par deux hommes, une civière sur laquelle se mouvait une sorte de paquet de chair sanglante, une sorte d'être humain, dont la peau, coupée en lanières, traînait sur le sol, comme des guenilles. Puis il en vint une autre, à peine plus courte, sur laquelle était jeté le chien. Après dépècement, on lui avait désarticulé les pattes. Tous ces temps furent exécutés du vivant des suppliciés.

◗

La cruauté classait ainsi les supplices chinois : d'abord la pendaison, peine la plus légère. Puis la décollation et enfin le dépècement. Le *lingchi*, écorchement glaçant et lent, était le pire : ce qu'il y a de plus profond dans l'homme, c'est sa peau.

Peau d'ange

Par moments la surface a besoin d'être calmée.

Passe *L'Ange écorché* que Jacques Gautier d'Agoty peignit en 1746.

Nymphettes et chérubins

La peau d'enfance a l'appétit des coupants. Les sparadraps, la gaze, le coton forment tout son linge intime. Cette peau de lait crie sans cesse aux écorces, au crépi, à la ronce et aux barbelés : « Saisis-moi au passage, ne me laisse pas seule. » Et à l'épingle, au clou, au bois qui n'est pas limé : « Attire-moi, fais-moi cadeau de temps en temps de quelque chose de coloré, en soie rouge, même seulement une fibrille ou, s'il te plaît, un petit carré. » Rendez-vous fondateurs. Voilà pourquoi l'enfant porte une peau radieuse et absurde de papillon, avec ces mêmes ocelles et ces mêmes macules que l'œil peu exercé prendra pour une irritation momentanée ou pour une marque de stylo à bille.

L'enfance est un trésor en petites coupures. On y mène des expériences extatiques à partir de la combinaison et de la manipulation des chutes, des chocs et des coups. Le monde des lettres et de l'alphabet permet ensuite de conserver chacune de ces rencontres blessantes avec l'angle rugueux du monde sous la forme commode du nom. C'est pourquoi le piètre malheur de l'égratignure, le petit trou en forme d'étoile qui constitue l'écorchure, la figure virtuose et mathématique de l'éraflure, la trajectoire accidentelle de la zébrure et le bouton de moustique, érectile et délicieux, la fente vive de la gerçure, le bleu, le chuintement de la morsure, la brûlure et sa paille de fer, l'écharde, le point de suture, le coup de soleil et le durillon forment le vocabulaire rude et perçant de tout souvenir.

◗

À même la blessure, juste à la surface de la douleur, la main rassurante et consolante de quelqu'un de doux qui chuchote : je suis là, je tiens ce bobo dans ma main.

◗

La première Lolita de Vladimir Nabokov s'appelait Annabelle et mourut du typhus à Corfou, quatre mois après leur rencontre. Ses doigts étaient bruns et fuselés, ses genoux opalescents. Sa peau était couleur de miel. Il y avait, sous ses socquettes blanches, quelques éraflures filiformes et fragiles comme une rafle de raisin.

À la manière du pouce râpeux d'un potier, l'écriture de Vladimir Nabokov façonne un enfant comme une statue de peau voluptueuse. Il notera qu'un garçonnet de dix ans connaît bien, connaît jusque dans le détail chacun de ses genoux — l'ampoule grattée jusqu'au sang, les raies blanches laissées par les ongles sur la peau hâlée et toutes ces égratignures qui sont comme les signatures des grains de sable, du gravier et des brindilles pointues.

Le bris du mystère

Mon manteau de peau est fait de couches de moi. Mais, couche après couche, le moi s'atténue jusqu'à disparaître en profondeur. Je ne suis femme qu'à ma surface.

◗

Le guidon est tordu. Quelqu'un ramasse mon vélo, dont la roue avant est voilée. Heureusement, je portais un casque et des coudières. Mais, ce matin-là, je n'avais pas trouvé mes genouillères.

À présent, je me tiens le genou. Je l'attire contre mon cœur, sans ménagement, fâchée. J'ai cessé mon tapage, qui promettait pourtant. Me voilà silencieuse, sans doute pour mieux regarder en moi-même. La langue sèche de terreur et de curiosité, je pense à des citrons, des groseilles, des consolations acides, fraîches, vertes. Si je ne parviens pas à m'arracher au spectacle de mon propre sang, c'est que j'en ai soif pour la première fois. Les lèvres me brûlent, ma gorge est malade, je sais que je ne pourrai plus tirer vanité du sceau et du ruban rouges qui me coulent maintenant sur le mollet parce que j'ai pénétré ce lieu étranger que j'habite seule, que je prenais pour un abri, et qui n'en est pas un.

L'écorchure n'est pas seulement le désagrément nécessaire des promenades à vélo et des sauts dans les ronces ; plutôt elle sort le vivant de sa passivité, comme un trait de foudre. Elle est le signe visuel de l'éclair. Elle est un intervalle qui sidère. Elle est une fenêtre soudain en soi, le petit trou en forme d'étoile par lequel passent pour la première fois les rayons du soleil. Apocalypse veut dire dévoilement, mais toutes les apocalypses sont obscures. Alors l'ombre au-dedans est un cône qui grandit.

De ma propre anatomie, j'ai soudain une confuse mais universelle culture. Ce que je sais maintenant, au fond de moi, c'est que les portes de mon enfer viennent de s'entrouvrir. J'ai vu le spectacle comique et effrayant de mon intérieur.

Ensuite, toute écorchure sera la confirmation de cette vision, toujours plus profonde et plus ample, d'un cadavre préparé en salle de dissection, couché sur le dos, avec une fenêtre rectangulaire ménagée à travers les muscles épais de l'abdomen et d'autres interstices, longs et minces, découpés entre chaque tendon pour que la tête des os soit plus ronde et plus accessible.

L'homme n'est homme qu'à sa surface. Lève la peau, dissèque : ici commencent les machines.

Peauésie

Les racines de ma peau : *pellis*, *cutis*, *derma*.

◗

La peau fut d'abord ce franc cutané, *saccus merdae*, couverture suante appelant le silex, le bistouri ou le bourreau.

Pour les extrémistes médiévaux ou un Savonarole, qui l'auraient brûlée comme une toile luxurieuse, la beauté du corps était tout entière à la surface de la peau. Et si les hommes, doués comme les lynx de Béotie d'intérieure pénétration visuelle, avaient pu voir clairement ce qui est dessous, alors la seule vue des femmes leur aurait été nauséabonde : car cette féminine grâce n'est que pus, sang, humeur et fiel. La femme est le cuir cramoisi du leurre. Considérez ce qui se cache dans leurs narines, dans leur gorge, dans leur ventre : saletés, partout ! Et nous qui répugnons à toucher même du bout du doigt de la vomissure ou du fumier, comment donc pouvons-nous désirer de serrer dans nos bras un simple sac d'excréments ! Ah ! si les viscères s'ouvraient et tous les autres coffrets de la chair, quelles dégoûtations ne verrait-on pas, sous la blanche peau ?

◗

La peau fut le cuir du dermatologue, tout hérissé de nævi et de verrues, avec ses macules et ses pustules et ses papules et ses vésicules et ses tubercules, avec ses abcès, ses éruptions, ses tumeurs et ses scrofules, hésitant entre glandes sébacées, pores bouchés, pellicules mortes et comédons — ce ver dont les Anciens se croyaient rongés, au point qu'ils le nommèrent *comedo*, je mange —, cette peau humaine banalement teintée par les émotions, séchée par l'eczéma, ridée par le temps, fardée par les femmes en rose thé ou en rouge, et qui se traite, se teint d'un incarnat si réel qu'il procure l'illusion vraiment exacte d'une chair colorée de sang.

◗

La peau fut prête, parfois, à toutes les tortures de l'artisanat. On relia des livres en peau de femme. Des Esseintes s'était fait ainsi imprimer les œuvres de Baudelaire dans un large format rappelant celui des missels, sur un feutre très léger du Japon, spongieux, doux comme une moelle de sureau et imperceptiblement teinté, dans sa blancheur laiteuse, d'un peu de rose. Cette édition tirée à un exemplaire, d'un noir velouté d'encre de Chine, avait été vêtue en dehors et recouverte en dedans d'une mirifique et authentique peau de truie choisie entre mille, couleur chair, toute piquetée à la place de ses poils, et ornée de dentelles noires au fer froid, miraculeusement assorties par un grand artiste.

L'une des prophéties de Léonard de Vinci dit mystérieusement : « Plus tu converseras avec les peaux, chargées de sens, plus tu acquerras de sapience. » Elle annonçait peut-être, silencieusement, le véritable passage philosophique advenu un peu plus tard, entre la peau-recouvrement — la peau-limite de Descartes (quand la peau n'est qu'un gant) — et la peau psychanalysée du XXe siècle, ce symptôme, ce fantasme, qui a lentement dépassé la problématique de la surface pour atteindre au feuilleté, au tressage structurel, à l'interstice, au battement d'espace par quoi les fonds remontent, traversent, font surface… Structure de recouvrements, d'effacements et en même temps de soulèvements, d'échos… Véritable passage cosmologique du monde clos à l'univers infini.

Pliage organique : Geoffroy Saint-Hilaire estimait que l'on pouvait passer d'un animal à un autre rien qu'en le pliant autrement que la nature l'avait plié. Il affirmait que si l'on plie un vertébré de telle façon que se rapprochent les deux parties de son épine du dos, sa tête sera vers ses pieds, son bassin vers sa nuque, et ses viscères placés comme dans les céphalopodes.

Je t'aime. Plie-moi à ta guise, comme ton chien, comme une seiche, comme une huître.

◗

Baudelaire a fait danser le serpent de la peau. Comme une étoffe vacillante, l'a fait miroiter. Rimbaud : place aux tissus, la peau se percalise. Et le texte lui-même depuis s'est tissé.

Texte. Du latin *textor :* le tisserand.

◗

Mallarmé, le maître, l'initiateur, installa le papier — donc la peau — dans ses plis : oui, sans le reploiement du papier et les dessous qu'il installe, l'ombre éparse en noirs caractères ne présenterait aucune raison de se répandre comme un bris de mystère, à la surface, dans l'écartement levé par le doigt.

Mallarmé et son coup d'éventail : la fronce de l'univers enfin révélée. Déploiement interne du monde dans l'unanime pli qui brasse toutes les particules. Dans ses battements, le monde en inclusion.

◗

Aujourd'hui, la peau est tension, soutien de la verticalité de tous mes corps, invisible interstice, qui se fait possibilité, latence et chair des choses, dans un effet de retour et de retournement. Ma peau est *vagina,* gaine des membres, ce tissu qui les double, les soutient, les nourrit — érection incessante qui dresse ma tête vers le ciel.

Désormais, l'homme est sans orifice. Les narines, la bouche, l'anus, le vagin, les tympans ne sont que plis de peau, invaginations, repliements de la matière. Tout en lui, y compris son cerveau, est pli poussé à l'infini, pli sur pli, pli selon pli. De même qu'il y a dans le marbre des veines, je suis marbrée de plis. Multiple. Ma peau est labyrinthe. Je suis infinie. La rectitude, le poli n'existent plus. Toute surface est diversifiée par des plis. Ou des déplis. Le dépli ne me déplie pas, mais il me replisse, me plisse autrement, me fait changer de pli.

Derrida : le papier résonne. Sous l'apparence d'une surface, il tient en réserve un volume, un labyrinthe dont les parois renvoient les échos de la voix ou du chant qu'il porte lui-même, car le papier a aussi la portée d'un porte-voix. Désormais la peau que je mets en œuvre dans un livre préfigure une expérience engageant mon corps tout entier. D'abord la main, l'œil, la voix, l'oreille, puis le temps et l'espace…

Un poète épithélial

On peut se demander si la *Fabrica* de Vésale, montrant comment investir l'intérieur de l'homme corporel, du dehors vers le dedans, en le fendant, l'éventrant, l'écorchant, le dépouillant comme un oignon, n'induisait pas un mouvement rétrograde : en effet, le regard occidental, qu'il fût médical, littéraire ou pictural, allait désormais s'en tenir au fait que le centre de la vitalité était à l'intérieur d'un espace scénique limité par les draperies d'une peau à fendre, et que le scalpel de la médecine orthodoxe aurait désormais pour tâche de mettre à nu. Ainsi Vésale faisait-il de la dissection l'instrument par excellence de la connaissance, et de l'homme un être matériel se débitant facilement en tranches orientables dans l'espace. Cet inventeur du corps humain, qui œuvrait au rasoir, dota soudain l'humanité de mille planches d'anatomie, rouge et d'un jaune cireux.

Aussitôt le dragon et la sirène disparurent. Car les créatures fabuleuses n'existent que dans la mesure où l'on n'a pas encore eu le temps de les disséquer.

Quant à l'homme, il n'était déjà plus qu'un écorché tenant sa corde, facilitant la tâche du lecteur d'organes en maintenant dans un état de tension suffisante l'appareillage de leur suspension et les divers systèmes de poulies isolant ses viscères.

L'homme invitait du doigt à visiter son petit théâtre anatomique bordé d'un velours rouge et riche. L'on vit ainsi apparaître des écorchés partiels, dont le visage, presque tout à fait serein, conservait les signes d'une vie indifférente aux mutilations par le fer. Dans un petit musée de cire, deux amis nus, calmes et assis, exhibent — sans la moindre mimique de douleur — les plans découverts de leur abdomen. Une Vénus aux longs cheveux noirs caresse du regard son utérus ouvert et une larme très brillante perle sur sa joue.

Je n'ai jamais pu regarder ces images sans les confondre avec l'écrivain qui, d'une main, garde ouvert le cahier sur lequel il écrit. Ou encore avec ce lecteur qui, du tranchant du poignet, tient écartées les pages du livre...

Le vieil engrenage entre le moi qui tient chair ouverte / et le je qui vient s'y nourrir, résumera Bernard Noël.

◗

Pendant les années marquées par les horreurs de la guerre d'Algérie, la trousse de dissection est l'organe vital de la littérature romanesque occidentale. Le jeune romancier Bernard Noël sera-t-il à son tour un prosecteur ? Histoire de lui apprendre à vivre, on le plonge dans la fraîcheur de l'amphithéâtre du monde, qui se révèle être un horrible charnier.

Ceux qui, animés par la seule *libido sciendi,* prétendent comprendre l'humain en se contentant de le désarticuler comme un pantin (il y a des tables de dissection psychologique) peuvent raisonnablement supposer que, comme les autres romanciers, sous l'influence d'une idée philosophique ou littéraire, Noël poursuivra avec délices un filet nerveux dans des chairs puantes et livides. On attend donc de ce jeune homme qu'il étudie méticuleusement son milieu comme un vrai petit Claude Bernard. Mais le futur poète s'insurge et raille la méthode de ses maîtres, leur scalpel qui raisonne en artiste : « La crudité est une promesse / on va voir enfin par le tranché / ce qui fut caché dans l'épaisseur / tout chercheur est un porte-burin / un couteau qui raisonne en artiste / et tant pis pour ce qui va saigner. »

L'ex-carabin renâcle et répète inlassablement le même distique : « De ma peau à mes os s'étend parfois une distance désertique. / Alors l'écorché regarde son squelette et dit : qui est-ce ? » Il ne cessera de remettre en question cette belle cartographie de l'humain, qui date de la Renaissance (« l'homme est une machine baroque / dont les déboîtements / font saillir des viandes nickelées »), quand chaque fragment du corps recevait le nom de son inventeur, à la manière des terres lointaines. Il niera même que l'exploration du corps doive se poursuivre à la manière d'une *terra incognita* qu'on arpente et jalonne de nouveaux repères. S'il veut s'inscrire au-dedans de chaque homme, ce n'est pas comme le hardi découvreur d'une parcelle inobservée : Noël ne rêve pas d'être Fallope, ni Vésale, ni même ce Colombo, qui, en 1556, autopsiait Ignace de Loyola… et inventait le clitoris.

Certes le lexique anatomique est particulièrement prolixe, même exubérant. « Le corps est une carrière à mots et ses explorateurs assurent que, là, sous la peau, il y a de quoi refaire la langue. » Tout être vivant, toute cellule, tout organe a une peau, une tunique, une enveloppe, une carapace, une membrane, des méninges, une armure, une pellicule, une cloison, une plèvre… À leur tour, les membranes qui enveloppent les organes internes portent les noms d'amnios, aponévrose, péritoine, chorion, opercule, manteau, hymen, blastoderme, coiffe, diaphragme, périchondre, endocarde, épendyme ou périoste… Le poète qui reçoit cette manne lexicale ne peut pas rester inactif. Car son territoire est bien le corps, oui, mais le corps insondable et non la *purée de viande*, mais le corps qu'on n'étend ni n'incise, qu'on ne viole ni n'assiège comme une ville fortifiée. Qu'est-ce, après tout, qu'un abdomen sinon une cité violette autorisée au seul dissecteur ?

Rabelais ne vaincrait pas. Car Noël est convaincu qu'il n'est pas nécessaire de briser l'os pour en tirer la substantifique moelle, d'écorcer la noix pour en extraire le cerneau, de concasser le noyau pour enfin libérer son germe. Le poète tient, dans la peau humaine, « la dernière mue, un merveilleux organe à travailler le sens, à interroger la surface troublée / par le désir d'intelligence ». Il va marquer l'avènement conscient de la part peaucière de la littérature — peaucière avec un *c*, comme l'écrivent les chirurgiens et les anatomistes pour se différencier des mégissiers, taxidermistes, pelletiers et autres peaussiers. Dans un éternel souci d'exaltation de la surface, il reliera désormais de peau vive son travail. Tandis que les treuils, les cordes, les poulies, les scalpels et les sutures des écrivains anatomistes fonctionnent à vide, pour le vide, pour le divertissement du vide.

Cottes

Puisque le casque et l'armure les rendaient méconnaissables, les chevaliers d'autrefois avaient besoin de blasons pour se reconnaître sur les champs de bataille. Pour créer leurs armes, dentelées, crénelées, écartelées ou frettées, ils tenaient d'abord devant eux un écu d'argent, blanc et plat, sur lequel pleuvaient les coups. On se dessinait un blason en fonction des coups reçus, de la forme des impacts, du sens des chocs, de leur répétition et de leur insistance, ici ou plutôt là. On organisait les crevasses et les bosses en figures géométriques et le blason finissait par montrer assez bien comment le chevalier avait coutume de se présenter, non seulement dans la bataille, mais aussi dans la vie. Face au monde, quel côté montrait-il sans cesse, quelle faiblesse gardait-il contre lui ?

Sur le bouclier de notre peau, les cicatrices sont les incarnations écailleuses de nos expériences. Nous connaissons le monde comme nous découpons, contre lui, notre défroque. L'enfance intrépide et l'écriture sont, à leur manière, des tournois spectaculaires et silencieux. Si on y accomplit d'authentiques exploits, c'est en solitaire et contre soi-même. Les cicatrices — ou les ratures sur l'accueillant papier — sont là pour initier à l'héraldique. Elles sont de petites forges où chacun travaille les émaux, les métaux et les signes qui feront ses armoiries afin de pouvoir mieux, tout à l'heure, se garder à droite, se garder à gauche. Parce que chacun, griffonnant les marges de sa peau ou son cahier de brouillon, est son propre héraut qui raconte comment et où portèrent les marques, à chaque fois que la vie a cogné.

◗

Écrire, c'est seulement le sentiment et la volonté de sécréter, à force de matins, un squelette externe, comme ces crustacés imprégnés de chitine et caparaçonnés de plaques dorsale et ventrale. Le monde en veut à ma peau. Chez tous les sensibles, la carapace est une fin : une fois constitué le bouclier, la bête enfin prend du repos et peut s'endormir à l'abri. Toutefois, la carapace de l'écrivain n'est pas seulement une protection contre autrui, mais un moule dans lequel il travaille à se couler : une carapace protectrice sans cesser pourtant d'être exploratoire, une enveloppe nouvelle qui multiplie la sensibilité au lieu de vous claquemurer, une armure qui écoute et qui voit bien mieux que la chair à vif.

Exemple : le cocon de Michel Butor.

Je suis un écorché vif. Les attaques m'ont blessé. Mais la littérature vous fabrique une nouvelle peau. On peut comparer les phrases au fil de la chenille. L'œuvre est le cocon qui va la protéger et la transformer en papillon. Chez Proust, c'est tout à fait clair. Chez moi, ce doit être aussi l'une des raisons des longues phrases de mes premiers livres. Elles sont un fil avec lequel je tisse cette membrane qui va recouvrir la peau qui saigne. Dans les Essais *de Montaigne, on voit bien cette image du cocon protecteur et exploratoire. On se protège pour pouvoir explorer et on explore pour protéger au mieux celui que l'on devient. L'étonnant, c'est que cette enveloppe nouvelle multiplie la sensibilité. On entend de mieux en mieux, on perçoit de mieux en mieux. Et même si le corps devient sourd et que les yeux ont des problèmes, on peut s'arranger pour que le texte écoute et voie.*

La narration fait pli, l'histoire a la passion des blousants. Et chaque matin tu continues ta mise à plat entre deux feuilles.

Romancière : un métier à plisser.

Roman : le recensement de tous ces plis, à raison d'une épingle tous les six millimètres. Un accordéon.

Quant au poème : langage secret de l'éventail à quatre faces — moment de rideau. Bref, le poème est un grand creux où la peau fait relâche — ton cocon.

Portrait du divin Achille en peau de vache

Brandie par le guerrier, la peau brille de toute sa gloire et de tout son éclat.

Son teint, pendant l'effort : une torche enflammée. Ses pommettes : des armoiries. Ses cicatrices : les gravures d'ivoire qui rehaussent son oriflamme. Dieu sait que le courage fait la peau dure ! La peau est cet écu fragile qui tient lieu pourtant de sauvegarde et de vivante protection. Jusqu'à un certain point, toutefois. L'ennemi hurle : J'aurai ta peau. Il s'apprête à bondir pour toucher et meurtrir, d'une déchirure, ce bouclier tremblant.

◗

Gaffe à ta peau ! braille Achille à Hector au chant XXII de l'*Iliade* : « Comme l'étoile qui s'avance, entourée des autres étoiles, au plein cœur de la nuit, — comme l'Étoile du soir, la plus belle qui ait sa place au firmament — ainsi brillait la pique acérée qu'Achille brandissait dans sa droite, voulant du mal au divin Hector, et regardant sa belle peau, pour voir où elle céderait le mieux. Or partout la peau était couverte des armes de bronze, les belles armes dont il avait dépouillé le puissant Patrocle après l'avoir tué ; elle apparaissait toutefois là où les clavicules séparent le cou des épaules, à la gorge, par où l'âme se perd le plus vite. Là, contre Hector, impatiemment poussa sa pique le divin Achille. De part en part, à travers le cou tendre, la pointe passa ; mais la trachée, la lourde pique de bronze ne la perça pas, il put ainsi répondre et dire quelques mots. Il s'abattit dans la poussière et le divin Achille triompha. »

Dans sa peau touchée et sans cesse retissée par sa mère nourricière, léchée par elle, trempée de sa salive et de ses baisers comme de l'eau du Styx dans laquelle Thétis plongea Achille, le presque immortel, l'enfant se sent un petit Zeus porte-égide, drapé dans sa peau de chèvre. Sa belle peau solide et forte est le sac qui retient à l'intérieur le bon et le plein que l'allaitement, les soins, le bain de paroles y ont accumulés. Elle est aussi la barrière qui le protège des avidités et des agressions venant d'autres que sa mère.

Toute mère un tant soit peu caressante est une Amalthée, apte à doter d'une armure sans faille son divin rejeton. Enveloppé dans cette égide absolue, l'enfant a une confiance illimitée dans sa peau. D'ailleurs, ses cicatrices, on les lui présente comme les preuves blanches, légèrement étoilées, lisses, presque planes et un peu rétractées de son immense pouvoir de régénération. On les lui montre comme une réparation sans effort que son corps entreprend pour lui, qui se fera toute seule, quoi qu'il arrive, et le ravale, tous comptes faits, au rang du lézard dont la queue repousse, du homard, des crabes autorisés à abandonner leurs pinces ou leurs pattes dans le ventre des loutres comme des banderilles. La nature est ainsi faite et bien faite, lui assure la chèvre Amalthée. Mais c'est comme si elle l'encourageait à se mutiler sous prétexte que la réparation et la restauration sont gratuites et acquises en naissant, et l'Amalthée pousse ainsi l'enfant à se comporter comme s'il allait pouvoir vivre éternellement de cette escroquerie aux assurances.

Ma peau est immortelle. Elle est ma part divine. J'ai sept ans. Avec un tube jaune de Uhu, je me fais à l'avant-bras de fausses balafres. Sans douleur, je bêche ma propre chair, la change, à l'aide de quatre points de colle, en une factice boucherie.

Par définition, une égratignure n'est rien, elle compte pour du beurre, elle n'est qu'un fou rire calligraphié par la ronce et qu'on prend quand on l'a échappé belle. Une égratignure ne fait pas de tort à celui qui la subit, au contraire elle s'exhibe comme la marque providentielle laissée par l'étendard ou la lance de l'archange protecteur intervenu en votre faveur, et il faut apprendre à regarder à travers elle pour appréhender ce qu'elle aurait pu être et n'a pas été, par exemple une amputation ou une atroce mutilation à un carrefour. Incapable même de flatter l'amour-propre de la petite martyre, qui rêve de plâtre et d'hôpitaux, l'égratignure est vouée à l'oubli. Elle n'aura rien taché, elle ne durera pas, elle a environ le diamètre d'une trompe de papillon.

La peau est mortelle. Le corps est mon tombeau. J'ai sept ans. Je suis encore tombée de vélo. Pour tenter de l'effacer, je presse-étire, palpe-roule, pince-tourne, pétris-frictionne à mon genou une cicatrice enflammée, boursouflée de pus et tatouée par inclusion de goudron. Peine perdue, j'y lirai toujours, éternellement gravé par les pigments de la route, un mot de trois lettres, en majuscules.

Entre la peau mortelle et la peau immortelle, il y a Frida Kahlo. Il y a la peau-barnum de Frida Kahlo.

Elle n'a cessé de peindre son visage sombre et surtout ses sourcils joints, touffus, ses cils drus, ses cheveux, au long d'une invraisemblable ligne d'implantation, ses poils noirs : pylônes et piquets, sensibles et vibratiles, qui l'ont haubannée, portée, soutenue, après l'accident qui la broya. Frida était une femme en cheveux.

Pas dix-huit ans. Elle était remontée dans le bus parce qu'elle avait oublié son ombrelle. Un tramway éperonna le bus. La rampe d'acier du bus traversa Frida comme l'épée traverse un taureau. Elle entra par le flanc gauche, brisa la colonne vertébrale de la gamine, ainsi que le fémur gauche, les côtes. La rampe ressortit par le vagin. « C'est comme cela que j'ai perdu ma virginité », dit Frida. Même les jours où la douleur la cloue, elle passe des heures à sa toilette : « Je m'habille pour le paradis. » Elle dit aussi que maintenant sa raison de vivre c'est la peinture.

La mère de Frida a fait placer un grand miroir au-dessus du lit. Frida devient son propre modèle. Elle peint les longues mèches noires, des rubans de caoutchouc sombre, les sourcils comme des dagues. Elle sait que les poils et les cheveux ont le pouvoir de survivre au corps, que la mort corporelle n'affecte pas leur végétation. Comme si, à force d'alitement, Frida avait appris à connaître chacun de ses pores immortels. Elle est morte à quarante-six ans.

Journal de Pénélope

Il y avait une fois un prince qui voulait épouser une vraie princesse. Il s'en présenta une, mais dégoulinant, les cheveux trempés de pluie, le manteau collé aux épaules.

La vieille reine pensa : « Nous allons bien voir ! » Elle entra dans la chambre à coucher, enleva toute la literie, et posa un petit pois sur le sommier. Sur quoi elle prit vingt matelas, les superposa au-dessus du petit pois, et ajouta encore trente édredons par-dessus les matelas.

C'est là que la princesse passerait la nuit.

Le lendemain matin, on voulut savoir comment elle avait dormi. Elle dit : « Affreusement mal ! Je n'ai presque pas fermé l'œil ! Dieu sait ce qu'il y avait dans ce lit ! J'ai couché sur quelque chose de dur, j'en ai le corps tout couvert de bleus ! »

Alors on put voir que c'était une vraie princesse, puisque, à travers vingt matelas et trente édredons, elle avait senti le petit pois.

Personne ne pouvait avoir l'épiderme aussi délicat, sinon une véritable princesse.

◗

« J'écris en essayant de me constituer un centre calme. Hier c'était l'horreur. Par quelle malédiction suis-je pareillement tendue ? Je vibre sans merci. »

Sylvia Plath fit de la peau le thème dominant d'une œuvre interrompue par son suicide, en 1963, à l'âge de trente et un ans. Durant toute sa jeune vie, elle tâcha de lutter contre la souffrance d'être au monde. Je suis heureuse était sa pauvre scie — inefficace. Son leitmotiv était : je suis bien dans ma peau. Adepte du grattage, l'une des formes archaïques du retournement de l'agressivité sur le corps, elle se griffait au sang. Elle disait avoir douloureusement subi, enfant, à la naissance d'un autre bébé, la séparation de toute chose… J'ai ressenti le mur de ma peau. Je suis moi. Cette pierre est une pierre : la fusion merveilleuse qui avait existé entre moi et les choses du monde n'était plus.

« La peau se pèle facilement, comme si on enlevait du papier. »

Sylvia Plath était née sans peau. Sans doute les mains, les lèvres, les seins de sa mère ne l'avaient pas dotée d'une égide souple et intelligente, capable de se conformer, docilement, aux rugosités du monde. Une écorchée vive. Le monde extérieur lui était une frontière en dents de scie, impossible à franchir sans se déchirer. Sylvia vécut avec Ted. Par sa chaleur et sa présence, pour ses odeurs et ses paroles, elle se nourrissait de lui — tous ses sens se nourrissaient de lui. Privée de Ted au-delà de quelques heures, elle se languissait, s'étiolait et mourait au monde. Mais la faiblesse et l'incohérence de sa peau avaient le pouvoir de s'inverser dans l'opération poétique. En renouvelant à chaque page le pacte fragile de la peau, l'écriture lui rendait le monde habitable.

« La conférence m'a hérissée, mise au supplice. »

La peau est ouverte. Elle ne se ferme ni aux bruits ni aux voix, pas même aux lumières intenses. Elle ne peut refuser un signe vibratile ou tactile. Elle est sans paupières. Il faut qu'elle se brise ou qu'elle se bronze. La peau est coextensive à notre conscience. Elle comprend tout ce que nous percevons. Elle va jusqu'aux étoiles.

Sylvia est sans limites. Elle peut voir, du dehors, sa pensée fonctionner. Elle voit aussi son corps du dehors. Ses journaux intimes, commencés à dix-huit ans et tissés jusqu'à sa mort, la vêtent chaque matin d'une chemise neuve, protectrice et roborative. Tous ces coupons de papier ne sont pas seulement le gymnase où pratiquer son méaculpisme quotidien et la source de futurs poèmes. Ils forment surtout les parois d'un troisième lieu : le placard à vêtements.

« J'ai une paupière enflée, rouge et douloureuse, qui m'inquiète, un bouton rouge bizarre sur la lèvre, et puis cette fatigue énervante, comme une fièvre secrète qui me ronge. »

Les journaux de Sylvia Plath forment son *dressing.*

Les journaux de Sylvia Plath forment peluches, mouchoirs chéris, charpies intimes, Kleenex imbibés de larmes et de salive.

Les journaux de Sylvia forment sparadrap.

La richesse et la fluidité de ces matières destinées à l'isoler du monde extérieur sont extrêmes. Elle écrit de gaze et de tulle. Sa page est un morceau d'étoffe bien tissé qui semble vouloir donner à sa chair inachevée le goût d'imiter sa régularité et sa persévérante géométrie. La chair béante et minable, mais vivante, a besoin pour guérir — pour s'aguerrir — de suivre ce tracé régulateur.

Pour une chair blessée, l'écriture est le meilleur des plans de bataille, le bon motif à imiter pour se régénérer et se retendre.

« Soudain tout est menaçant, ironique, mortifère. »

Les journaux rétablissent cette communication entre les mains de maman, qui sécréta autrefois — mais jamais assez longtemps — pour la petite une peau solide, parade efficace à l'angoisse, à l'ennui, à l'oubli. Les journaux permettent de se dédoubler soi-même dans un tenant lieu de peau, qui rappelle l'épaisseur de cette tendresse maternelle, désormais fossile. L'écriture d'un journal renouvelle cette consistance que le regard de maman, l'attention de ses mains, l'écoute bâtissaient. Il faut croire que l'écriture d'un journal restaure, jour après jour, la peau. L'entretient.

Autoréparation infinie. Autorésurrection infinie.

Chaque matin, rédigeant son journal, Sylvia s'engendre. Elle devient invieillissable, inusable, inaltérable. À chaque jour, sa suture heureuse.

Les journaux sont des centons, guenilles maintes fois rapiécées, vêtement d'idées taillé dans l'infinité ouverte des expériences littéraires possibles.

Les journaux sont ses bandages. Ils sont la couche uniforme de gaze propre isolant la blessure, puis abandonnés à chaque guérison.

Le corps de Sylvia est replié sur son écorchure mais, dans l'étonnant recoquillement des journaux, dans l'hélice active d'une solitude productrice de nacre, elle sécrète et additionne tout de même des bonheurs.

Il faut croire qu'au contact du papier la dépression finit par muer son bourdon en frisson.

◗

Désespécé est un mot-valise cousu par Samuel Beckett. Il suture les syllabes de désespéré et dépecé.

Le psychanalyste Didier Anzieu désire trouver en Francis Bacon l'homme *désespécé* de Samuel Beckett. Il dit que le peintre projette la pâte dans la toile comme s'il la vomissait, la déféquait, l'éjaculait. La substance liquide s'écoule hors de la toile sans fond. Bacon peint des personnages tourmentés et déliquescents, souvent assis, avec l'accent mis sur les muscles des épaules, des jambes, des fesses. Un moi-muscle vient remplacer le moi-peau non suffisamment affirmé, dit Anzieu. Un moi souffrant, fluctuant, qui n'a jamais acquis sa figure humaine, son visage tendu de peau, ses traits, sa physionomie lucide. Sous ces plaies ouvertes, la toile fait gaze.

Détresse de la perte des limites. Peur d'être happé par l'air, l'espace, d'être mangé par les objets. Même les larmes brûlent, cristaux de sel tombés sur le muscle nu.

Crucifié par la moindre sensation. Enchristé dans sa peau d'homme.

Grammage

S'il faut cacher la plaie sous un pansement, c'est qu'elle obéit dorénavant aux lois du sang. Ce long parcours, jusqu'à la cicatrisation complète, on l'a déjà raconté à l'enfant comme une bataille terrible, intense, sans pitié et sans témoins, des anticorps et de la régénération ; un duel aveugle mais sensible entre le monde extérieur et lui-même. La bataille est intérieure — dedans — presque inconnue au-dehors, et surtout rien, ni poussière, ni pomme de pin, ni tripotage, ni grattage, ni coquillage pointu, ne doit la gêner désormais. N'y touche pas. En quelque sorte, l'infirmière proclame une sorte de loi du Ripolin, d'après laquelle tout enfant blessé est tenu de remplacer ses charpies imbibées de salive, ses cataplasmes à l'encre et à la colle, par une couche uniforme de gaze blanche. On fait propre chez soi. Puis on fait propre en soi.

Un pansement est un revêtement parfaitement combiné. La gaze et le tulle, pour ne citer que les plus lumineux d'entre eux, sont des morceaux d'étoffe bien tissée qui semblent vouloir donner à la future chair de l'enfant le goût de suivre leur régularité et leur persévérante géométrie. Voilà pourquoi le pansement est logique, blanc et parfait. Pour la chair blessée, c'est le meilleur des plans de bataille, un bon motif à imiter pour se régénérer, se retendre. C'est pourquoi l'enfant est toujours partant si on lui propose, pour guide et compagnon, cette large bande dodue et replète qu'on nomme poupée.

Lundi, Marie de Magdala se rendit au sépulcre. Bien qu'il fît encore presque nuit, elle remarqua que la pierre en était ôtée. Elle courut le dire à Simon Pierre, qui la suivit. Tous deux couraient. La sueur ruisselait sur leur front. La poussière s'y agglutinait. Simon Pierre vit tout de suite les bandes qui étaient à terre. Le linge qu'on avait mis sur la tête de Jésus n'était pas avec les bandes, mais plié dans un lieu à part. Le disciple ne sut en tirer aucune conclusion.

Simon Pierre rentra chez lui, Marie de Magdala avait préféré rester près du sépulcre à pleurer. Alors elle vit deux anges vêtus de blanc, assis à la place où avait été couché le corps de Jésus, l'un à la tête, l'autre aux pieds.

« Femme, pourquoi pleures-tu ? demanda l'ange assis à la tête.

— Parce qu'ils ont enlevé mon Seigneur, et je ne sais où ils l'ont mis. »

Alors, Marie de Magdala vit un homme debout, mais elle ignorait qu'il était Jésus. Elle le prenait pour le jardinier. Elle lui dit :

« Si c'est toi qui l'as emporté, dis-moi où tu l'as mis, et j'irai le prendre.

— Femme, qui cherches-tu ? » demanda Jésus.

Aussitôt elle le reconnut, elle s'élança vers lui : « Maître ! » Jésus se recula vivement et dit : « Ne me touche pas, car je ne suis pas encore monté vers mon Père. Mais va trouver mes frères et dis-leur que je monte vers mon Père. »

Les bandages, par terre, luisaient, immaculés comme un cahier neuf, avec une odeur de fleur blanche.

◗

Suaire, toile, voile, papier, mur : une peau vivante pour les pensées, une surface sensible pour l'inscription des traces.

« Vous voyez bien que ce livre a des pores, assène Ray Bradbury. Il a des traits. Vous pouvez le regarder au microscope. Sous le verre, vous trouverez la vie en son infini foisonnement. Plus il y a de pores, plus il y a de détails directement empruntés à la vie par centimètre carré de papier, plus vous êtes dans la littérature. C'est du moins ma définition. »

Parfois l'encre use les pores du livre jusqu'à la transparence. Chaque page alors se réduit à un filet, qui recueille dans ses mailles la semence contenue dans l'encre originaire, la vie pélagique du trouble plancton humain. Le plus profond c'est le papier, mais la profondeur du marais.

Écrire connaît tous les papiers.

◗

Les livres *sans durée*, comme les appelait Balzac, sont nés au XIXe siècle, quand le coton a remplacé le fil. Alors le papier imprimé est devenu mou, cassant, quasi soluble dans l'eau. Il perdit définitivement les qualités merveilleuses de souplesse et de résistance qui l'apparentaient à la peau humaine, au parchemin ou à la soie des peintres lettrés chinois.

◗

Proust, alité — sa figure a jauni, s'est foncée comme un livre —, bâtit ses romans comme une modéliste des robes, avec les lambeaux cousus ou collés des paperoles.

◗

L'étymologie est une anatomie. L'anatomie du mot cahier conduit au latin *quaterni*, par quatre. Le cahier était un groupe de quatre soldats, un carré, une feuille pliée en quatre pages. Un cahier est un carrefour dans une infinité de plis. Un cahier est donc ce qui coupe en quatre, c'est-à-dire ce qui écarte, écartèle, enfin équarrit.

Une page drapée dans sa cape en loques, et guère travaillée que par sa propre dérision.

Jacques Dupin dit : « Commencer comme on déchire un drap, le drap dans les plis duquel on se regardait dormir. »

◗

Écrire sur le cahier de quatre-vingt-seize pages : surcharger une tricolore et belle géométrie régulière et entêtante comme, sur la peau, le quadrillage des pores (ses polygones, parfois ses hexagones parfaits, et ses formes trapézoïdes...). Les bâtisseurs de cahiers ont construit deux réglures : l'une, dite 5 × 5 (ou petits carreaux) ; l'autre appelée seyès (ou réglure à grands carreaux). La réglure seyès est la forme la plus élaborée du papier vierge. On peut se demander comment cette œuvre d'architecture supporte le gribouillis, fût-il calligraphie. Un trait rouge pâle, vertical, à l'aspect de veinule, tendu à trois travers de doigts de la limite gauche de la feuille, en constitue la marge réglementaire. Au-delà, tout est quadrillé. En deçà, seules subsistent les horizontales d'un léger violet de vaisseau claqué. Pour le quadrillage, c'est l'ordre d'un cartographe ferroviaire, c'est la projection d'un réseau électrique sur le plan de New York.

Les cahiers de brouillon sont des œuvres précaires. Si les réglures sont respectées, le support, lui, n'est pas loin du torchon. La page agrafée est brune, épaisse, écrue, avec des fils rouges ou bleus pris dans sa trame, des morceaux d'écorce marron, qui forment sang coagulé, croûte verdâtre. Tout y est inclus. C'est un cahier de bure.

Cahiers : partenaires cutanés.

J'ai troué l'abat-jour, je suis sortie dans le papier. Ainsi l'on traverse la membrane jusqu'à la brique du poème, à son vibratile. Penché sur le grillage du van, animer l'encre de son grand mouvement de fuite. Vivre dans le champ d'ombre provoqué par un déchet, une paille sur le visage de la page. Le rebut inclus dans le grossier papier de brouillon fait le relief. En lui des grains de matière, de nature rudimentaire, résistent. C'est la terre, ou son précipité. Voir les objets du monde par la bure plutôt que dans le grain fin et régulier d'un papier velouté. La texture voluptueuse — et distrayante — de la belle farine de papier ne dit rien. Seul le sable rugueux de la page peut informer sur les faces invisibles. Le limon du poème, son fertile, c'est la petite collection de poussière répandue. Sa pelote d'écriture : ce que chie une chouette. Pas plus gros.

Certains cahiers au papier velouté, blanc au point de fermer les yeux et soigneusement cousu, sont d'une grande douceur de page. Cette douceur, comme celle des lainages, des tapis, des éponges, se mesure en grammes par mètre carré. Véritables nappes où l'on va pouvoir s'étendre.

Le souci de soie

V. B. a quarante ans. Depuis l'adolescence, elle vole la soie qu'elle applique ensuite contre ses parties génitales, pour la souiller évidemment. Outre la soie, elle aime le velours, et lui doit depuis très longtemps déjà des jouissances sexuelles. Il lui suffit pour cela de s'asseoir sur une chaise recouverte de velours. Après avoir volé des coupons de soie, elle avait les mains raides, et comme piquées en dedans par des aiguilles. Elle n'était pas lesbienne. Elle aimait le bruit de la soie. Elle portait toujours des jupons de soie.

Voler la soie est délicieux. L'acheter ne me donnerait jamais le même plaisir, dit F. La soie l'attire, celle des rubans, des jupes, des corsages. Lorsqu'elle sent le froissement de la soie, cela commence à la piquer sous les ongles, et alors il est inutile de résister, il faut qu'elle la prenne. Lorsqu'elle résiste à cette poussée, elle pleure, elle est énervée. Si elle ne peut pas prendre l'étoffe, elle a une crise. Elle perd connaissance. Mais quand elle peut prendre l'étoffe, elle la froisse, elle va s'asseoir à l'écart pour la toucher et la manier. La jouissance passée, elle est très abattue et tous ses membres courbaturés.

L. s'adonnait chaque jour à la masturbation. Les rapports sexuels normaux ne lui procuraient aucune jouissance. En 1904, elle entra dans un grand magasin, poussée, dit-elle, par une véritable impulsion. Elle venait de boire de l'éther quand elle passa la porte.

L. aime la soie qui tient debout toute seule. Elle préfère la soie noire, qui donne la plus grande impression de solidité. Une robe de soie bleu clair l'a fascinée, raide, droite comme un I. Il y avait de la dentelle dessus. Elle a pris cette robe d'enfant, elle l'a glissée sous sa jupe, puis elle s'est masturbée en plein magasin, près de l'ascenseur. Elle ne peut avoir de jouissance que de cette façon, en pensant au chatoiement et au bruit de la soie.

Le neuropsychiatre Gaëtan Gatian de Clérambault naquit à Bourges en 1872. Il avait perdu une sœur en bas âge. Il aimait se déguiser en femme. Aussitôt qu'il en avait l'occasion, il revêtait une toge. Pour pouvoir se draper, il ne négligea aucune cérémonie religieuse. Pendant la Grande Guerre, il se fit affecter au front pour photographier les figures tracées par les explosions des mines. Pour mieux les viser, il se plaçait dans la trajectoire de leur tir. Il disait que le panache de fumée ressemblait à un ourlet sur le ciel.

Sur le front d'Orient, Gatian de Clérambault réalisa ses premières photographies de personnages voilés. À

Fès, la physionomie des Marocaines était totalement dissimulée sous une sorte de linceul écru, aux plis éloquents. À peine les yeux.

En outre professeur aux Beaux-Arts (cours qu'il donna à ses frais de 1923 à 1926), le docteur Clérambault avait classé les costumes drapés selon trois ordres d'éléments : le point d'appui principal (tête, cou, épaules, thorax, hanches...), le mouvement d'étoffe partant de ce point (tombant, annulaire, spiral...), les soutiens — autogène ou adventice — du drapé (c'est-à-dire torsion, nœud, broche, fibule, ligature, bretelle, ceinture...).

Le drapé scapulaire spiral, avec fausse manche gauche et finition céphalique avec renvoi, avait sa préférence.

Il s'était fait une spécialité d'observer des hystériques aux prises avec ce qu'on appelait le « cri de la soie ». Pendant des années, il interrogea ces kleptomanes qui, dans les rayons des grands magasins, se masturbaient avec le coupon qu'elles venaient de dérober.

Gaëtan Gatian de Clérambault publia une *Passion érotique des étoffes chez la femme.*

Gratte-papier

La peau a ses façons de dire. C'est pourquoi les hypersensibles se divisent au moins en deux branches : les écorchés et les bouillonnants. Ces derniers souffrent ordinairement d'allergie cutanée, sous la forme d'un eczéma généralisé, explosif, rouge, vésiculeux, suintant, croûteux, squameux…

L'épiderme précède le papier, le récit ne vient qu'après la plaie, l'encre succède aux croûtes. Lorette Nobécourt écrit d'abord *La Démangeaison* sur sa peau, avant que sa main ne retranscrive lentement, sur la feuille blanche, les boucles et les barres qui rendent possible la parole. Le livre est donc à l'origine un texte gravé à l'arête de l'ongle dans le vif de la couenne.

Mais que disent les squames que gratter retourne ? Pourquoi une peau d'enfant aurait-elle besoin de s'extasier sous l'ongle et de se chatouiller elle-même sous ses propres suintements eczémateux ? Probablement pour se livrer à une monstrueuse et tardive quête de ce qui ne l'a pas fortifiée autrefois : à savoir les poutous, les bisous, les léchouilles, qui vous échafaudent et devraient faire de votre épiderme un véritable treillis, un poutrage solide, une infrastructure à armer tous les bétons.

Calottes, torgnoles, claques, gifles, baffes, tartes, giroflées et taloches.

Autrefois, pour les rendre plus vifs et plus résistants à l'air et à la pluie, on tannait ainsi la peau des mouflets. On pensait sans doute que ça empêchait l'impétigo de s'y mettre.

Ambivalent, vraie balance, sans cesse tourmenté par les affres de l'embarras du choix, André Gide disait en même temps oui et non, oui je veux bien, non je ne veux pas. Il ne savait pas bien où il en était. Sa peau, un matin, trancha pour lui. Il se mit à souffrir de démangeaisons intolérables. Urticaire chronique effroyablement prurigineux. Il ne dormait plus. Sa peau le rappelant sans cesse à l'ordre, il avait le sentiment de n'exister plus qu'en surface.

Mais une urticaire est sans noblesse. C'est une douleur pour garçonnets mangeurs de fraises et petits explorateurs de ruines à orties. C'est ridicule. Souffrance d'autant plus inadmissible qu'elle est dépourvue de tout espoir de grandeur. Les maux de l'agonie, mais sans l'aristocratie des derniers instants. Gide supportait mal ce calvaire pour mioches.

Comble du narcissisme, on le traita par injection dans la fesse de son propre sang prélevé dans la saignée du coude.

◗

Même si j'avais la plante des pieds protégée de la terre par le caoutchouc de mes tennis, épais comme le poil des hobbits ou la corne des marcheurs des forêts équatoriales, même si je chaussais des sandales transparentes pour me protéger, dans l'eau, des vives, de la mosaïque ébréchée, d'un serpent, des couteaux, vivants ou non, je subissais malgré tout les châtiments qui viennent du ciel.

Le jour, je levais des yeux scandalisés sur la guêpe qui était un petit coup de rasoir, sur l'abeille qui brûlait comme un pistolet tenu d'une main molle, sur le frelon qui était, lui, une vraie balle, avec un éclair orangé et de la fumée. Il y avait aussi le taon, crasseux piqueur de taureau, au dard barbelé, indécis et souillé. L'odeur d'apéro du pauvre Synthol sur la boursouflure.

La nuit, j'écoutais le moustique qui allait me donner, avec la démangeaison, l'un de mes premiers vrais plaisirs. Ce que cherche alors la main endormie qui tâtonne et trouve la surface douce et chaude, avec un peu de chagrin, avec aussi la force et l'envie de jouir, c'est le petit globe de volupté qui vient de pousser là, un organe de plaisir nomade, impair, érectile et délicieux, que le moustique déplace chaque nuit.

Une douleur, une rougeur, une chaleur, persuasives et régulières, font de la piqûre un instrument, un objet et un lieu de plaisir. Gratter équivaut à capituler. Et lentement, passant les ongles sur la piqûre, non pas en ramenant les doigts vers soi, comme avec une pelle, mais en frottant avec le dessus de l'ongle, sa partie ronde et polie, les enfants jouissent mystérieusement, à demi endormis. Cela ressemble d'abord en tout point à l'orgasme des rêves. Puis cela tourne au cauchemar : le grattage est une attente qui ne cherche même plus à aboutir et la jouissance ne vient jamais.

Ensuite, je me réveillais avec inquiétude, presque toutes les heures. Bourdonnants, fourmillants, tous les insectes ont la voix du sang. Il n'est presque pas possible de distinguer entre les veines et les artères que l'on entend battre dans ses tempes, dans son oreille, et le petit tumulte des ailes du moustique. Se débarrasser du moustique, c'est vouloir échapper à la circulation en soi de ses propres fluides. C'est pourquoi les mouvements du piqué, tout comme ceux du cinglé qui voudrait sortir de sa camisole, sont d'inutiles sauts de carpe.

Enfermée avec le moustique dans le même tonneau plein de poix, de clous et de vipères, je scrutais les murs blancs de ma chambre, le plafond phosphorescent. Je savais une chose effrayante : la nuit, j'étais un repas de sang.

Le philosophe Évagoras de Mégare, contemporain de Zénon d'Élée, discourut sur le silence, sur l'enthousiasme, sur les semences et même sur les démangeaisons, qu'il explique par le mouvement prolongé de l'air sur la peau. Car le contact de l'air est comme un frottement, comme un essuiement et comme une ablution.

Évagoras classe les démangeaisons parmi les envies, puisqu'il faut y mettre la main.

Parmi les causes de démangeaison, il donne l'ortie, les cicatrices, les érythèmes et les différentes affections de la peau, mais aussi les méduses, les plumes, les poils et les verrues, qui produisent « une sensation semblable à celle d'une fourmi qui se promènerait sur la peau ».

Il observe que grattage et chatouilles sont contraires puisque seule la main d'un autre est capable de produire les chatouilles, alors que la démangeaison ne peut être dissipée que par sa propre main…

Pourquoi se gratter avec un objet ne produit-il pas le même effet qu'avec la main ? Parce que c'est la peau qui soigne la peau.

L'homme, disait Évagoras, est le seul animal à se gratter la tête lorsqu'il réfléchit, et le seul à fuir la lumière quand il copule.

Plaie selon plaie

Job était un homme bien, un homme droit. Et cela défrisait Satan :

« Si tu lèves la main sur lui pour rien, si tu frappes tout ce qu'il a, alors nous verrons s'il te bénira encore en face ! dit-il à Dieu.

— Je te le livre, lâcha Dieu, laisse-lui seulement la vie sauve. »

Alors Satan frappe Job de l'inventaire exhaustif des douleurs humaines : le vieux perd ses biens, ses enfants, sa santé. Pour ce qui est de la douleur physique, Job est affligé d'une maladie de peau, des pieds à la tête. Vermine et pus vêtent sa chair. Il prend un tesson de terre cuite pour se gratter. Il s'assied dans la cendre. Mais Job est irréprochable, il n'accuse pas Dieu d'être fou. Il subit la souffrance du juste. Il ne proteste pas. Il accepte de souffrir sans savoir pourquoi.

Dieu donne et Dieu reprend.

Un peu de temps passe sur la cendre. Job n'est plus qu'une plaie. Il ne comprend pas pourquoi ça lui est tombé dessus. Il sait qu'il a été juste. Il se contente d'être juste à ses propres yeux. Tant pis si Dieu n'est pas convaincu. Double réalité de l'innocence de Job et de la souffrance implacable qui l'afflige. Il se lamente ainsi : j'étais tranquille, il me lamine, il tient ma nuque, il me piétine, il fond sur moi comme un guerrier, j'ai cousu un sac sur ma peau, enfoui mon front dans la poussière, ma face est un volcan de larmes, tombes d'ombre sont mes paupières. Or mes mains n'étaient pas violentes, ma prière était pure.

Mais rien n'y fait, et Yahvé lui rongera la peau jusqu'au bout. Enfin Job s'adressera directement au Tout-Puissant, au point de le sommer de comparaître et de lui rendre des comptes. Et le Tout-Puissant lui parlera, en effet, mais du sein de la tempête, et sans daigner s'engager sur le chemin de la rétribution ni même chercher à se justifier.

Après quoi il rendra tout à Job. En double. A-t-il doublé sa peau aussi ?

◗

Si j'avais un bouton de fièvre, ma mère : « C'est la méchanceté du diable qui sort ! »

◗

À l'arrivée des Européens, dans les îles de Polynésie, des maladies apparurent. Les gens maigrissaient, devenaient secs ainsi que des vieillards, puis les yeux brillants, la peau visqueuse, le souffle coupé de hoquets douloureux, mouraient en haletant. D'autres voyaient leurs membres se durcir, leur peau sécher comme l'écorce d'arbre battue dont on se pare aux jours de fête, et devenir autant que cette écorce, insensible et rude, tandis que des taches noires et ternes les tatouaient de marques ignobles.

Dans *L'Invention de Morel,* Adolfo Bioy Casarès fait mention d'une certaine île, déserte. Ni les pirates chinois ni le navire tout blanc de l'Institut Rockefeller ne la touchent. Elle est le foyer d'une maladie, encore mystérieuse, qui tue de la surface vers le dedans. Les ongles, les cheveux tombent, la peau et la cornée meurent, puis le corps, au bout de huit à quinze jours.

G. est atteint du sida. Il se nomme lui-même le séducteur pourrissant. Il lui arrive de marmonner : Mille fois un bon cancer de la prostate plutôt que cette maladie de peau.

Le sida de G. s'est d'abord manifesté sous la forme de plaques rouges. Il avait de la fièvre et des ganglions au cou. Mais ce sont les plaques rouges qu'il trouvait disgracieuses. Il aurait préféré mal au ventre.

Ensuite, l'herpès se propagea.

À la fin, G. eut des tumeurs superficielles, de larges semis noueux sur le torse.

Le sida est un redoutable buriniste. Sans l'aide d'aucun acide rongeur, il créait sur le dos de G. des abstractions personnelles avec effets d'ombre et de lumière, qui se reconvertissaient en bourrelets après un semblant de cicatrisation. On aurait dit la fin d'une brûlure. Le matériau imprimant était le sang de G. Mais l'œuvre ne s'adressait pas qu'aux voyants. Le burin du sida gravait loin et profond. Ni purement tactile, ni seulement optique, il relevait des deux modes de perception. C'était comme la gravure tactile des tatouages.

◗

Salammbô : Hamilcar est capable d'examiner, à l'aide de la seule pulpe des doigts de sa main gauche, les tatouages de son bras droit. Les doigts lisent une ligne horizontale puis deux autres perpendiculaires, ce qui exprime, en chiffres chananéens, le nombre treize. « Alors Hamilcar compta jusqu'à la treizième des plaques d'airain, releva encore une fois sa large manche ; et la main droite étendue, il lisait à une autre place de son bras d'autres lignes plus compliquées, tandis qu'il promenait ses doigts délicatement, à la façon d'un joueur de lyre. Enfin, avec son pouce, il frappa sept coups ; et d'un seul bloc, toute une partie de la muraille tourna. Elle dissimulait une sorte de caveau, où étaient enfermées des choses mystérieuses, qui n'avaient pas de nom, et d'une incalculable valeur. Hamilcar descendit les trois marches ; il prit dans une cuve d'argent une peau de lama flottant sur un liquide noir, puis il remonta. »

Peau de brocart

Certains des personnages étranges que Herman Melville rencontra au cours de ses voyages portaient, pointillée sur le corps, l'histoire de leur vie. Et jusqu'à ce qu'il se soumette au tatouage, un homme des mers du Sud était considéré comme damné. Mais, dit Melville, j'ai toujours résisté catégoriquement aux tentatives des artistes locaux de m'adopter en dessinant sur mon visage des marques semblables à celles d'un gril.

◗

Les tatouages de Queequeg tremblaient d'une satanique flamme bleue.

◗

Il faut nous laver de la peau. Elle n'est qu'un concassement de pores, quelque chose comme un crible efficace pour respirer et pour suer, un épouvantable semis élémentaire de poils, de stries, de virgules, de barres élastiques ou affaissées, de cils pris dans l'extrême tension d'un filet de ridules : bref, de la nature pure et nue, d'une désarmante simplicité. Il faut donc la perforer. À coups d'aiguilles y effectuer des percées, des trouées, pour souffler le vieux sujet, pour éloigner la bête.

On offre à la petite des récits de voyage. À l'école, le lendemain, elle taille avec soin son crayon noir.

Ce crayon est le premier instrument et le premier pigment du tatouage écolier. L'aiguille est fraîche, la couleur est délébile. Pourtant, sur le blanc de l'avant-bras, les pressions décisives du graphite font des dessins durables, pointillés, noir et rouge.

Le tatouage rend sa peau imprenable.

Le Tatouage fut publié en 1910 par le jeune Junichiro Tanizaki. Seikichi y incarnait un tatoueur virtuose dans l'art d'instiller l'encre dans les corps. Par dizaines, les clients déployaient le satin vierge de leur épiderme sous la pointe de ses pinceaux. Mais il voulait sélectionner d'abord ceux qui porteraient son œuvre en étudiant longuement leur ossature et leur peau. Ensuite seulement il décidait s'il leur ferait subir, un ou deux mois, le supplice de ses aiguilles. Quand la pointe pénétrait les tissus, la plupart des hommes, incapables de taire plus longtemps le martyre de leurs chairs tuméfiées, cramoisies, gorgées de sang, gémissaient de douleur. Et plus déchirantes étaient les plaintes, plus vive était la jouissance qu'éprouvait alors Seikichi.

Seikichi avait donc une prédilection marquée pour les deux techniques les plus douloureuses : le tatouage à coloris dégradés et celui au cinabre.

Son vœu secret, depuis des années, était de trouver une femme d'une incomparable beauté en qui il pût instiller toute son âme. Or une jeune fille fut par hasard envoyée chez lui pour ses débuts de geisha. Seikichi reconnut alors la peau de ses rêves. Il en fut ébloui. Il offrit immédiatement à la jeune fille deux peintures sur rouleau qui, à son sens, reflétaient son âme profonde : sur l'une, une reine vidait une coupe en contemplant un homme sur le point d'être immolé pour un sacrifice. Sur la seconde, des monceaux de cadavres servaient de fumure au cerisier sous lequel se tenait une jeune femme au regard plein d'orgueil.

« Tu me fais peur ! » dit la jeune fille à Seikichi en repoussant les rouleaux. Elle voulut s'enfuir, mais il lui fit respirer un narcotique. Puis, serrant son pinceau, il en appliqua la pointe sur la peau blanche du dos et, de la main droite, enfonça son aiguille. Fondue dans l'encre de Chine, l'âme du jeune tatoueur entrait dans les tissus. Chaque instillation d'encre lui coûtait un effort infini ; chaque mouvement pour enfoncer puis retirer l'aiguille lui arrachait un profond soupir, comme s'il perçait son propre cœur. Peu à peu, les marques laissées par l'aiguille ébauchèrent la forme d'une énorme tarentule. Et le lendemain matin, la bête étrange, démoniaque, comme à l'affût, déployait ses huit pattes sur toute la surface du dos.

« Pour faire de toi une femme vraiment belle, c'est toute mon âme que je t'ai instillée avec mes encres, murmura Seikichi à la belle endormie. Désormais, dans tout le Japon, aucune femme ne te surpassera. Te voilà délivrée de ce qu'il y avait de pusillanime en toi. Désormais tous les hommes, oui tous, seront ta riche pâture. »

Tatouage, le film de Yasuzo Masumura, d'après la nouvelle de Junichiro Tanizaki, fut tourné en 1966.

Oscar Wilde avait publié *Le Portrait de Dorian Gray* vingt ans avant que la tarentule de Seikichi n'absorbât toute la laideur de l'âme de la jeune fille.

Comme le cruel Dorian qui exhibe son intériorité à la surface de la toile, on porte désormais l'âme à fleur de peau.

Balnéaire

Vito Acconci pratique l'art corporel. Il s'est masturbé six heures d'affilée, en public. Il s'est brûlé les poils du torse pour se faire une poitrine de femme, il a tiré son sexe en arrière et l'a caché entre ses fesses. En 1970, il se montre à la fois écrit et écrivant, dans *Trademarks* : « Mordre autant de parties de mon corps que je peux atteindre. Appliquer de l'encre d'imprimerie dans les morsures ; appliquer les empreintes de morsures sur diverses surfaces. »

◗

Écrire : perforer, crever — trancher, inciser, découper — gratter, polir — coudre — découdre, déshabiller — écharper — couturer — brûler — cicatriser.

◗

Qu'on pense seulement quelle activité vigoureuse, sinon violente, il fallait déployer autrefois pour marquer cette surface physique qu'est la peau d'un animal. Il fallait la briser, la malmener, la blesser pour ainsi dire, avec un instrument particulièrement pointu. L'écrivain attendait au-dessus d'un macchabée de bestiau que le visible enfin se libère. Et tout projet d'effacement impliquait qu'on malmenât plus encore la surface : les scribes médiévaux, dans leur effort pour effacer les parchemins, devaient recourir aux pierres ponces et autres grattoirs. L'écriture représentait donc toujours un exercice physique éprouvant — écorchant forcément la surface sur laquelle il se pratiquait. Écrire procédait d'une chirurgie invasive. L'écrivain était un bon boucher.

J'écris à l'écran, je n'ai plus besoin de toucher pour sentir, j'effleure seulement. Mon écrit est de la graine de traces. Il est eau. L'écriture aujourd'hui, moderne poétique de la peau, n'écorche plus le papier. Fi des parois scarifiées. Elle se tient loin du manuscrit, du parchemin, de cette peau de veau mort-né, encore sanguinolente, dont le vélin tira sa palpitante origine. Elle n'est plus une écriture mordeuse de chair, qui tatoue le texte sur la peau des livres — et c'est pourquoi d'ailleurs elle se mémorise si mal.

Elle dit qu'il n'est plus nécessaire de faire saigner la peau pour que l'écriture suinte vive, elle procède virtuellement, elle s'inscrit à l'écran liquide.

L'écriture est bain.

◗

Dans le froid éclaboussant d'un torrent de montagne, Victor Segalen invente les sports de peau. Il est médecin. Il ne regarde pas la nudité, il ne regarde pas la peau de la femme qu'il désire, mais il la touche. Il n'a jamais su jouir du regard. Au contraire, il se comporte en aveugle. Il a cet « œil haptique » dont parla Gilles Deleuze. La pulpe de ses doigts est voyante. Il n'observe pas, il n'ausculte pas, mais il palpe. Son exploration du monde et de l'autre est avant tout palpatoire. La jouissance se déporte d'un centre impossible vers la périphérie de l'être. Sur l'étendue souple de la peau se concentre tout le bonheur possible. Le corps tout entier est érogène. Surtout quand on a plongé dans le torrent ; alors on peut goûter la saveur sans cesse, à l'infini renouvelée, de l'eau sur les pores de la peau.

Aux îles, Segalen se jette pour la première fois dans le gros torrent, et le bain devient toute une aventure, vive et fraîche. Dans l'eau qui s'oppose à lui, il apprend à vivre et à sentir l'eau courante, fuyante, furieuse et cascadante, qui a sa personnalité, sa pudeur, son étreinte — véritablement un corps-à-corps. Segalen déplore que la littérature et la musique soient si peu instructives à cet égard. Les peintres seuls ont abusé du bain, et se servent couramment du nu avec une candeur ridicule.

Segalen est nu à souhait. Quand il sort de l'eau, il se masse les cuisses. Il en frissonne encore. Son poil se lève. Il bande légèrement. Grelottant, le nu se dispose au soleil et s'apaise. L'air tiède le reprend. Il va se charger de donner, par l'écriture, une vision intime de ses sensations cutanées : « À l'encontre du sens un peu trop alimentaire du goût — que l'on ne peut ni ralentir ni retenir, qui n'est pas réversible et qui dépend si goulûment de la plénitude d'une poche — la peau est un admirable organe étendu, mince et subtil, et le seul qui puisse, pour ainsi dire, jouir de son organe jumeau : d'autres peaux, d'un grain égal ou différent, d'une tactilité, d'un dépoli sensible... Le regard seul a cet immédiat dans la réponse, mais voir est si différent d'être vu ; cependant que toucher est le même geste qu'être touché... Et cependant les poètes et grands imaginaires, si féconds en échanges d'âmes à travers les prunelles, à travers des mots et la voix, à travers des moments spasmodiques si grossièrement réglés par la physiologie, — les poètes ont peu chanté l'immédiat et le charme et la jouissance de la peau. »

Ainsi, au bord du torrent, passant avec désinvolture par-dessus les Degas, la Marthe de Bonnard, les tubs des femmes à leur toilette, Segalen invente le lyrisme de la peau mouillée, malmenée par le fort courant du torrent qui vous étourdit, vous frotte, vous décape, vous attaque sous toutes les coutures.

Il écrit de la main droite. Dans le torrent, il a laissé pendre la gauche, massée et alanguie d'eau froide. Il est vigilant comme un pêcheur qui surveille son bouchon. Il veut tenter de rendre, de la pointe de la plume, les baisers de l'eau renouvelée qui lave elle-même son baiser.

Mercurochrome

Pratiquement tous les enfants se sont posé, sans résultat, la question de comprendre pourquoi il arrive parfois que l'estafilade soit sereine et silencieuse alors que le soin qu'elle suppose est, lui, brisant, mordant, douloureux au point qu'on s'effondre lentement contre le lavabo comme si l'épreuve noire et inamicale de la blessure ne commençait qu'au moment précis où on la nettoie.

Il n'existe pas de raccourci ou d'allègement de la peine dans le domaine de l'antisepsie. Le nettoyage à l'eau et au savon de Marseille est une pénitence obligatoire. Et le châtiment de l'eau courante visitant la plaie une démonstration prouvant clairement que la pureté sera le résultat de souffrances arrogantes et notoires ou ne sera pas. Il est possible que pendant les tourments du rinçage, la fillette, vigoureusement soutenue par les épaules, se soit tout de même laissée aller à crier et tournoyer sur elle-même jusqu'au vertige. Mais la plupart des gosses savent que les trépignements et la crispation n'auront pas le pouvoir d'escamoter, sur l'étagère métallique de l'armoire à pharmacie, le flacon d'alcool. L'intransigeance de l'alcool, fût-ce à 60 degrés, sa brutalité sans concessions sont tellement fascinantes que la fillette a souvent l'impression que la blessure est entrée de plein fouet en contact avec le flacon lui-même, heurtée par sa paroi de verre glacé, sa dureté de pierre, son tracé au couteau. Qu'un liquide versé sur un coton, c'est-à-dire une chose molle et mouillée, informe et désespérément faible, se comporte ainsi, aussi tangible et expressif qu'un coup de poing trempé, cela compte sans doute, au moins pour moitié, dans le surmenage qui fait lentement vaciller la fillette.

Elle porte la main au front, elle pâlit, elle n'a plus de jambes, et enfin se met à sangloter avec un calme de dormeuse au moment où on la badigeonne au rouge idéal du Mercurochrome.

J'habite une coquille chatoyante. Quand je rougis, je me cache sous le sang qui me fait voir. Le sang dans ma peau fait masque. Les émotions me tissent des capelines. J'en ai toute une panoplie. Une véritable garde-robe.

Don Quichotte devint de toutes les couleurs ; sur son teint basané on les voyait comme des taches de jaspe.

Changer de couleur.

La peau est l'incessant passage des humeurs. La toile du visage s'agite tandis que la joie lui sort par les pores. Elle se meut, s'étend, se détend, se colore, se ternit selon la multitude infinie des alternatives de l'âme.

Pour la peinture occidentale, l'incarnat est la combinaison la plus équilibrée du blanc et du sang. Cennini l'obtint en broyant du cinabre, une composition de soufre fondu avec deux fois autant de mercure. Parfaite pour le sang qui irrigue la chair, excellente aussi, si on l'emploie pure, pour figurer les plaies.

Le Balzac du *Chef-d'œuvre inconnu*, dont la version originale date de 1831, dédia à l'incarnat, nuance palpitante de rouge et de rose, tout un récit. Cette coloration si ténue, si fragile, de la chair vive est le sujet de ce mythe sur l'origine, les moyens et l'extrémité de la peinture. Pour Frenhofer, l'incarnat est ce qui manque au mauvais peintre, celui qui n'a pas le pouvoir de donner la vie, c'est-à-dire de faire de la toile une peau vivante et irriguée : « Non, mon ami, le sang ne court pas sous cette peau d'ivoire, l'existence ne gonfle pas de sa rosée de pourpre les veines fibrilles qui s'entrelacent en réseau sous la transparence ambrée des tempes et de la poitrine. Vous faites à vos femmes de belles robes de chair, de belles draperies de cheveux, mais où est le sang qui engendre le calme ou la passion et qui cause des effets particuliers ? C'est cela, et ce n'est pas cela. Qu'y manque-t-il ? Un rien, mais ce rien est tout. »

Mme Colette, vers 1910 : « La rare clématite — celle qui montrait sur la pulpe blanche de sa fleur, comme un sang faible courant sous une peau fine, des veinules mauves — ouvrait une cascade lumineuse d'étoiles à six pointes. »

Pétrifications

Fard : Abîme la peau.

Lait : Dissout les huîtres. Attire les serpents. Blanchit la peau ; des femmes à Paris prennent un bain de lait tous les matins.

La peau du lait.

Femme, une ruse de serpent qui consiste à changer de peau.

Sans la vie mobile de l'incarnat, le teint retourne à la rance nuit de la peau. Une femme est un être de blanc et de sang, une Blanche-Neige aux joues et lèvres pourpres. Pour se dessiner, à la base des tempes, la tache brutale qui va la maquiller, elle choisit un rouge. Il tranchera sur la nuque blanche, bleutée comme un lis dans l'ombre. Sans compter que cette flamme sur la pommette ajoutera encore à son visage la passion mystérieuse de la prêtresse baudelairienne. On veut de la chair et du sang. L'esthétique est bouchère. Elle est rouge comme l'artère, blanche comme la graisse et noire comme l'os calciné. D'où l'œil pourvu d'un cadre charbonneux qui le fera surnaturel et excessif.

◗

La peau de pierre vient de Baudelaire, qui dit que l'usage de la poudre de riz a pour but et pour résultat de faire disparaître du teint toutes les taches que la nature y a outrageusement semées, et de créer une unité abstraite dans le grain et la couleur de la peau, laquelle unité, comme celle produite par le maillot, rapproche immédiatement l'être humain de la statue, c'est-à-dire d'un être divin et supérieur…

Dans l'œuvre de Marcel Proust, on croise à plusieurs reprises la vieillesse comme l'image anxieuse de l'être devenant pierre, déjà habité par la mort, qui n'a plus qu'à attendre que la fixité s'étende au reste du corps. Le duc de Guermantes a déjà la rigidité, les paupières scellées de ceux qui vont mourir. « Sa figure, effritée comme un bloc, était rongée comme une de ces belles têtes antiques trop abîmées… Les artères ayant perdu toute souplesse avaient donné au visage jadis épanoui une dureté sculpturale… »

Puis c'est la grand-mère de Marcel Proust, saisie par l'agonie burinante et son travail de création singulière : « Ses traits, comme dans des séances de modelage, semblaient s'appliquer, dans un effort qui la détournait de tout le reste, à se conformer à certain modèle que nous ne connaissions pas. Ce travail de statuaire touchait à sa fin et, si la figure de ma grand-mère avait diminué, elle avait également durci. Les veines qui la traversaient semblaient celles, non pas d'un marbre, mais d'une pierre plus rugueuse. »

La naissance de l'altérité se construit à partir du visage de la mère, présenté de face. Le développement psychique de l'enfant nécessite ce plan frontal, ce vis-à-vis. On a fait cette expérience : on demande à une mère de se placer face à son enfant mais en gardant un visage impassible et inexpressif, autrement dit un visage de pierre, pendant quelques minutes.

Quand la mère entra, l'enfant leva les yeux vers elle, la regarda dans les yeux et sourit. Son regard fut accueilli par un visage qui ressemblait à un masque. Rapidement il regarda sur le côté et resta immobile, l'air sérieux. Puis, son regard revint vers le visage de sa mère. Alors ses sourcils et ses paupières étaient relevés, ses bras et ses mains commençaient à s'élancer dans sa direction. Mais découragé, il baissa les yeux. Tout de même, il regarda à nouveau le visage de sa mère. Puis à nouveau détourna rapidement les yeux. Enfin l'enfant finit par se replier complètement sur lui-même, son corps s'affaissa et se recroquevilla. Il ne regarda plus vers sa mère et son visage prit une expression désespérée et fermée.

Trois minutes face au sphinx ont un effet foudroyant.

◗

La figure mythique de la Gorgone traduit l'extrême altérité, l'horreur terrifiante de ce qui est absolument autre, l'indicible, l'impensable, le pur chaos : pour l'homme, l'affrontement avec la mort, cette mort que l'œil de Gorgô impose à ceux qui croisent son regard, transformant tout être qui vit, se meut et voit la lumière du soleil en une pierre figée, glacée, aveugle, enténébrée.

◗

La grande enfance aussi rêve de pierre.

On a enseigné à la fillette qu'elle est, cette main audacieuse, le prolongement mobile et musculeux de son cerveau. On peut raisonnablement penser que la fillette est fière et heureuse de l'extrême sensibilité de ses doigts, qu'elle en est avertie. D'ailleurs on lui voit, la plupart du temps, la main légère. Il n'y a qu'à regarder quel usage circonspect elle fait de sa gomme, retenant le papier, pour l'effacer, avec la paume, sinon — elle le sait déjà par expérience — se formera, avec un bruit léger, un pli sur la feuille. Et c'est avec la même maîtrise qu'elle souffle sur les atomes de gomme, craignant de salir son dessin en l'effleurant d'une main un peu moite.

Pourtant, presque toutes les tortures que la fillette se réserve à elle-même visent systématiquement à détruire les pulpes intelligentes de ces doigts-là.

Par le froid d'abord. Il est devenu rare, de nos jours, de pouvoir contempler des gamins au bord d'une petite rivière, tard dans l'automne, tâchant de se paralyser le corps en se plongeant très longuement dans l'eau glacée, jusqu'à ce que leurs jambes, des talons aux hanches, soient de plomb, tout comme le socle de certaines pièces d'échec. Cela s'est vu, autrefois. Mais si l'expérience solitaire de la paralysie glaciale a toujours cours, elle porte désormais sur une partie plus réduite de la personne, se limitant généralement aux doigts et avant-bras, jusqu'au coude. Pour cela, les longs lavabos gelés des préaux sont irremplaçables.

Le bracelet élastique passé autour du poignet ou à la base des doigts, et bouclé dix à douze fois sur lui-même, donne aussi des doigts d'étain, tout pesants d'une douleur que le sang piégé attise à chaque battement. Et tout en fouillant de la pointe de la langue le cratère familier d'une dent qui va pousser, la fillette regarde sa main qui se remplit comme une gourde, ses pulpes digitales virer au violet, ses ongles blanchir et la cuire soudain, comme si le pupitre grillait. Ce boudinage qui n'a l'air de rien, sitôt la main tenue en l'air et massée, est à compter tout de même parmi les événements épuisants. Le soir encore, la main de la fillette est un objet rêche et froid, qu'on reçoit dans sa paume avant d'avoir compris qu'il s'agit là d'une main humaine et non pas d'une pièce de monnaie.

Percussions

Ce qui touche le plus profondément le psychisme est toujours affaire de surface. Ainsi peut-on unir dans la même pâmoison, dans la même vibration, peinture, poésie et musique, ces arts de peau et leur érotisme tremblant. En 1921, quelques années après la mort de Segalen, on publia son roman, intitulé *René Leys*. Ce professeur de chinois « aimait la poésie. Il caressait élégamment “du bout du pinceau, le papier tendre” — (ceci prononcé dans un rythme de citation chinoise). Il aimait aussi la musique... René Leys s'interrompt. Le mot “musique” ne lui semble pas suffire à exprimer ce qu'il veut. Et il n'en trouve pas d'autre. Ou plutôt... il aimait à écouter tout ce qu'on effleure : un gong que l'on touche sans frapper : il en pâmait ! Il fallait le soutenir. Il demandait à voix basse qu'on le touchât à nouveau. Et quand le gong avait fini de vibrer, il écoutait jusqu'au bout du silence et pleurait alors à sanglots... Je l'ai vu regarder sans rien dire une peau de tambour... »

Un jour Athéna fabriqua une flûte avec des os de cerf et en joua au banquet des dieux. Mais quand elle vit, dans l'eau d'une rivière, tandis qu'elle soufflait dans l'instrument, son visage déformé par les joues gonflées, presque semblable à celui de la Gorgone, elle en fut horrifiée et jeta la flûte. Elle lança également une malédiction sur qui la trouverait. Marsyas la trouva, la porta à ses lèvres et la flûte, se souvenant de la musique d'Athéna, se mit à jouer toute seule.

Marsyas parcourut ainsi la Phrygie, charmant les paysans, au point qu'ils disaient tous qu'Apollon, avec sa lyre, ne pouvait pas jouer mieux. Informé, Apollon organisa une compétition musicale entre la flûte à deux tuyaux de Marsyas et sa propre lyre à sept cordes. Le vainqueur infligerait au vaincu le châtiment de son choix. Le jury était composé des Muses mais longtemps elles furent incapables de départager les musiciens. Alors Apollon défia Marsyas de jouer de son instrument à l'envers et de chanter en même temps. Mais le berger ne put à la fois souffler et chanter.

Les Muses décernèrent le prix à Apollon.

Le dieu choisit de suspendre Marsyas à un pin et de l'écorcher vivant et entièrement. Le berger ne put traîner après lui sa peau comme une ombre car elle resta clouée au pin.

On lisait autrefois le mythe d'Apollon et de Marsyas comme un accomplissement de la Nature par l'Esprit qui dépouille la bête pour lui faire perdre un peu de son animalité. Sans doute est-ce ce pouvoir animal qui revient à l'œuvre dans la peau des tambours tout vibrants, qui se jouent des doigts, des paumes, de toute la main effleurant, piquant, palpant, ou meurtrissant les peaux, qui chantent alors véritablement.

Tangentes

Quelques décennies après *Le Tatouage*, Tanizaki abandonnait les brûlantes aiguilles pour les poils de chèvre du pinceau qui caressèrent l'enfant peint.

Le récit s'intitule *La Mère du général Shigemoto*. Il dit que l'amoureux Heijû cherchait hardiment à profiter de la moindre occasion pour voir en secret Jijû, devenue l'épouse d'un ministre. Alors voyant son petit garçon, un enfant de cinq ans, jouer près du pavillon de l'ouest, dans la résidence, il le fit approcher et lui écrivit sur le bras un poème d'amour en lui disant d'aller le montrer à sa mère.

Le ministre exerçait sur sa nouvelle épouse une surveillance de tous les instants et limitait le nombre de ceux qui l'approchaient. Mais Heijû réussit à tromper sa vigilance et à habituer l'enfant à transmettre ses poèmes. Il écrivait sur le bras du jeune garçon.

En lisant, sur le bras de son fils, le poème que lui adressait cet homme qu'elle avait jadis connu, Jijû pleura toutes les larmes de son corps. Mais elle effaça bientôt le message et écrivit de la même façon son poème-réponse sur le bras du garçonnet, puis elle le poussa dehors : « Va le montrer au monsieur de tout à l'heure ! »

Les choses durèrent vraisemblablement quelques mois. Et l'enfant, tour à tour, fut caressé par l'un et par l'autre, qui s'aimèrent et se désirèrent à travers lui.

Le langage est une peau, disait Roland Barthes. Je frotte mon langage contre l'autre.

◗

Chatouille : ce petit coin de peau qui rend fou le tout de quelqu'un.

◗

À propos des femmes maories, Victor Segalen écrit : « Nue et fraîche, dépolie comme un cristal éteint, cette peau est le plus beau des manteaux naturels. De jour, et sous le soleil qui l'enrichit sans la brûler ni la décomposer, sa couleur propre est ambrée olivâtre, avec ces reflets verts qui la caractérisent. Cette peau est délicate et délicieuse à la pulpe des doigts ; aussi douce que la pulpe des doigts qui se reconnaît en elle et ne souhaite ni plus de tact ni plus grande douceur — ce qui permet la caresse infinie. »

◗

D'après Maurice Merleau-Ponty, il y a au moins trois expériences distinctes du toucher : le toucher du lisse, du râpeux, quand je m'assieds sur l'herbe ou que j'ai affaire à la langue du chat ; le toucher tout court, quand ma paume touchante, simultanément sensible à elle-même et à ce qu'elle touche, me rend à la fois la forme de l'objet manipulé et la place de mes doigts dans le monde ; enfin le toucher du toucher, quand ma main gauche touche ma dextre en train de palper les choses, et retourne sur elle-même sa palpation, touchant ainsi non les choses mais le pouvoir même d'éprouver ces choses.

Caresse : réflexion et coïncidence des peaux tangentes. L'épaisseur de la chair entre toi et moi n'est pas obstacle entre nous mais moyen de communication entre le dedans de ton dehors et le dehors de mon dedans.

L'amour est d'abord tangible. Il lance des ramifications entre le dehors de ton monde et le dedans du mien. Je n'ai même pas à sortir de moi pour t'aimer.

Tu me tapisses. Ma peau est au cœur de ce que je peux voir de toi. Où mettre la limite entre toi et moi puisqu'il y a insertion réciproque et entrelacs de l'un dans l'autre ? Puisque je suis désormais prise dans tout ce que je peux voir de toi. Je ne verrai jamais l'intérieur de ma peau — ses membranes secrètes — mais je sais qu'il se dessine dans la vision que mes mains ont de toi.

Les corps qui s'attirent ne vont jamais jusqu'à se fondre. Si je suis toujours dans le désir de toi, c'est que je ne te possède jamais tout entier dans mes mains. Car, pour t'accueillir pleinement dans ton être tangible, je suis toujours du même côté de ma paume. Et n'ai d'ailleurs de moi-même à t'offrir que cette même perspective invariable.

La peau n'a pas d'angles. La peau ne cherche ni à obtenir (comme le viscère) ni à rien forcer (comme le muscle), mais pourtant, comme le vent, elle est faite de prégnance, d'influence et d'inépuisabilité. Où le peintre chinois aurait peint la brume aux mille formes, je déploie ma peau aux ailes perméables, montrant ainsi comment mes pores s'épanchent les uns au sein des autres sans compromettre pourtant l'image d'une enveloppe, pour ainsi dire complète, dont tes caresses ne finissent pas de s'approcher, tandis que cette carapace inachevée demeure en alerte, repliée parfois mais jamais inerte. En peignant le passage d'une peau mienne à une autre peau mienne, je pourrais te donner accès (non pas à ce qui serait ma peau même, telle qu'en elle-même — l'en-soi, l'essence de ma peau —, cela n'arrive jamais) au procès infini, à la transition continue, qui ne cesse de faire advenir, sous tes doigts, l'une de mes peaux, en même temps que d'en enfouir une autre.

◗

Je pouvais bien prendre Albertine sur mes genoux, tenir sa tête dans mes mains, je pouvais la caresser, passer longuement mes mains sur elle, comme si j'eusse manié une pierre qui enferme la salure des océans immémoriaux ou le rayon d'une étoile, je sentais que je touchais seulement l'enveloppe close d'un être qui par l'intérieur accédait à l'infini.

Un sultan voulait apprendre où se niche le talisman de la beauté des femmes. Il fit déshabiller une courtisane par un soldat. Il fit dénouer ses cheveux jusqu'aux pieds. Il fit massacrer les cheveux. Mais il ne put aller au-delà de la peau nue qui matérialisait l'horizon extérieur de la femme. Soucieux pourtant d'en contempler l'horizon intérieur, le sultan demanda au soldat de poursuivre armé d'un sabre, mais la lame ne parvint pas à s'insérer entre les feuillets de la chair. Le soldat ignorait également que la beauté a au moins autant de feuillets qu'un cube a de faces. Il ne put que crever le sac où elle était enclose. Quand la femme fut assassinée, le sultan comprit qu'il gardait sa beauté sous ses paupières, qu'il s'agissait d'une concrétion dans son propre regard. Que la beauté est une pellicule d'être sans épaisseur et sans équivalent, comme la musique ou comme la littérature : une peau sur la peau, une taie sur l'œil. Alors il fit chauffer à blanc la lame ensanglantée du sabre et s'aveugla.

Jamais ta peau toute nue puisque mon désir l'habille de toi.

Tout satyre se vivifie à un contact de peau.

Pour échapper au désir de son père, Peau-d'Âne exige de lui des robes de plus en plus somptueuses, puis s'enfuit, déguisée en souillon, pour n'être pas défigurée par des mains incestueuses.

◗

L'Être et le Néant dit que le désir est une tentative pour déshabiller le corps de ses mouvements comme de ses vêtements et de le faire exister comme pure chair : c'est une tentative d'incarnation du corps d'Autrui. C'est en ce sens que les caresses sont appropriation du corps de l'Autre : il est évident que, si les caresses ne devaient être que des effleurements, des frôlements, il ne saurait y avoir de rapports entre elles et le puissant désir qu'elles prétendent combler : elles demeureraient en surface, comme des regards, et ne sauraient m'approprier l'Autre.

C'est que la caresse n'est pas simple effleurement : elle est façonnement. En caressant autrui, je fais naître sa chair par ma caresse, sous mes doigts. La caresse est l'ensemble des cérémonies qui incarnent autrui.

◗

Jean-Luc Marion parle autrement. Autrui me donne ce qu'il n'a pas, ma chair à moi. Et je lui donne ce que je n'ai pas : sa chair à lui.

Le flux et le flou

La *vox populi* dit que les femmes (la plupart) ont besoin de caresses. Irrépressiblement. Qu'elles font l'amour pour recevoir ces dorlotages qui forment l'armature de leur jouissance. Qu'elles ont des sexes un peu partout et jouissent d'un peu partout.

Elle dit également que les hommes (la plupart) n'éprouvent pas la nécessité de sentir effleurés, pendant l'amour, leurs épaules, leur dos, leurs mamelons. Qu'ils jouissent par le sexe, par la caresse sur la peau de leur sexe. Exclusivement.

Luce Irigaray en est donc arrivée à cette conclusion : La femme jouit plus du toucher que du regard, et son entrée dans un monde de lynx (« économie scopique dominante ») signifie, encore, une assignation pour elle à la passivité.

Faire l'amour : sentir, faire sentir et sentir que l'on fait sentir.

On ne croirait pas que c'est de Paul Valéry.

◗

Sous la caresse, c'est bien l'image d'une peau, organe animal, issu de quelque feuillet embryologique externe, dont le cerveau provient également, et marquée de ses propres signes d'identité : empreintes digitales, pores, grains de beauté, ridules et cicatrices. Mais la caresse ne peint pas une peau animale tendue comme un tapis, elle enregistre plutôt des modifications de peau, jusqu'à tenter de rejoindre le fonds indifférencié de sa vibrante perception. Une peau à la fois cachée et manifeste, brumeuse et rayonnante, éclairée et effacée, évasive et pourtant cohérente. Ni proche ni lointaine mais tendue, par la caresse, entre les deux. Ainsi, plutôt qu'un état distinct, tranchant et s'opposant, la caresse peint-elle un procès continu, une chose en cours, une peau infinie, qu'elle n'immobilise pas comme être et ne détermine pas comme objet.

C'est ainsi que la caresse équivaut aux montagnes des paysagistes chinois — ou à leurs dragons — cachées, émergeant-s'immergeant, à la fois voilées de nuages et montrant leur cime, tout à la fois apparaissant et disparaissant, à la fois être et non-être, la présence se dissolvant dans l'absence et le monde de la volupté étant ainsi saisi, sans jamais se fixer, dans son essentielle transition.

La peau caressée n'est jamais un être totalement visible. Par la présence évasive de la clignotante caresse, par l'interruption de son tracé, elle rejoue les injonctions des grands théoriciens chinois de la peinture sur la nécessité de l'effacement, de l'interrompu. Car la peinture chinoise, encore, fut très claire là-dessus : une figuration tronquée, livrée partiellement, affranchit le monde de ce pouvoir d'entrave et d'enlisement qui le souille, boue opacifiant les choses.

Sous la caresse, la peau respire, palpite ; la peau incessamment entre et sort d'elle-même, l'entrée commandant la sortie et réciproquement, inspire et expire, ces flux sans cesse communiquant entre eux, se promouvant l'un l'autre, et conférant aux amants cette respiration hachée et pourtant quasi maritime.

Dans la caresse, rien ne s'oppose. La peau n'y résiste pas. Au contraire, le déroulement d'une éternelle percevante, en renouvellement continu, et qui n'en finit pas de se déployer sous les doigts d'autrui. Dans la caresse, l'éphémère n'en finit pas. Il faut inventer pour elle l'imaginaire du vent. La caresse serait vent-couleur, vent-saveur, vent-résonance. Un invisible sans opacité, à la limite du sensible et qui épouse l'appel de l'air emprisonné sous l'autre paume : un souffle-image.

Mme Arnoux s'était avancée dans l'antichambre. Dittmer et Hussonnet la saluaient, elle leur tendit la main ; elle la tendit également à Frédéric ; et il éprouva comme une pénétration à tous les atomes de la peau.

Était-ce le sourire de Mme Arnoux ?

Avant le XIXe siècle, jamais l'anatomie sur le mort n'avait pu piéger le sourire. La mobilité de la physionomie, l'expression des passions restaient lettre morte pour celui qui officiait sur l'écorché. Sans la vie, la peau ne se livre pas. C'est que l'inspection cadavérique des muscles du visage ne montre que l'attachement intime des faisceaux musculaires à la peau. Mais rien du mouvement de la beauté humaine, du flottement de sens que signifie la bouche qui s'entrouvre, de l'étincelle de vie provoquée par la dilatation des vaisseaux des lèvres. Rien de la physionomie décorée en relief de fossettes et de plissements passionnés, désolés ou doux, dont on ignore s'ils y sont creusés par le ciseau d'un baiser, d'un sanglot ou d'un sourire.

Et même la vivisection ne réglait pas le problème. Car le sourire est pur rêve de peau.

Un peu après 1850, Duchenne de Boulogne inaugura l'exploration électrique : inutile d'ouvrir la peau, il suffit d'exciter électriquement le nerf moteur du muscle peaucier à observer pour voir se contracter ses fibres, suivre son trajet, admirer le mouvement, le froncement, le plissement, l'ouverture qu'il provoque.

En 1895, le physicien allemand Röntgen découvre les rayons X. Une nouvelle fois, la barrière de la peau est tombée. L'anatomie lumineuse a détrôné le scalpel.

Je ne suis pas un corps opaque.

Récapitulation

Toute l'aventure humaine n'est qu'affaire de plissements. D'abord le pli mouillé de la main quand on naît, puis le poing du tissu partout : rougeur de serviette-éponge, l'ourlet de l'oreiller qui marque la joue. L'empreinte du lit au dos. À la paupière, effet de rideau. Tout marque. D'abord poupon dans le bain de son propre apparat de peau. Puis la vieillesse et ses pendeloques : on infuse dans son bouillonné. Un maître des draperies dégueulées.

Pauvre sec et serf doit être l'os. Riche et spongieux doit être le muscle. Mais tous les plis de l'âme sont dans le sourire de la peau.

◗

Naissance : un bébé rouge posé sur le grand drap blanc de sa mère — nouveau monde très matinal.

La peau est linge et toile, et son grain pigment. On y devine le temps, animant l'eau des tissus d'un grand mouvement de fuite.

L'acné d'adolescence : le rebut fait le relief. Ce qui marque, c'est le champ d'ombre provoqué par un déchet, une paille sur le visage. Et ce rebut enflammé, ce sable rouge, qui n'atteindra jamais la texture voluptueuse et distrayante d'une belle peau de cinéma hollywoodien, est capable d'informer sur le foyer d'obscurité et de détresse qui s'ouvre de l'autre côté de la toile. Le pus a charrié ses images. Un cailloutis de sang a tracé une voie rude. C'est la balle qui fournit les informations relatives aux faces invisibles, et inaccessibles, des monstres de l'adolescence pris dans le fond.

Une belle femme sait aller au pas de sa peau, la regarder couler sans cesse en avant de sa main. Elle fait couvrir au pinceau de fard autant d'étendue que possible, en cercles, en cycles, sans rompre son cours. La poudre engendre des flous de bougé, une véritable moire, qui change finement d'aspect, peut-être de sens, selon l'inclinaison du visage, selon la résonance de la lumière sur la joue tendue. Maquiller sa peau, s'en jouer des doigts, des paumes, de toute la main qui, tour à tour, effleure, pique, palpe ou meurtrit à la pince. Immédiatement après cet hymen entre la chance et la règle, la peau retourne à l'égout de la laideur. Les rides travaillent à créer de la pente. Origami de la sécheresse. Restent les photographies de jeunesse qui ont coulé dans l'étendue.

Le temps a toujours été plus rapide que les incessantes métamorphoses de la peau. Peut-être parce qu'elle pèse son poids de fonte — je parle de la fonte de la glace, de la matière traversée par la lumière puis fondue, mais par là je dis aussi le feu — et qu'elle glisse elle-même vers l'abîme oxydant, elle qui scintille et ne connaît vraiment pas d'interstice.

La peau du vieillard n'est pas nette. En elle des grains de matière (de nature rudimentaire) résistent. C'est de la terre, ou son précipité, car l'eau de vieillesse n'est jamais limpide. Elle est humaine, elle a décanté. Elle est liqueur, elle a déposé. C'est ce dépôt d'alluvions sur la peau qui rend la vue sablonneuse. On appelle cela la cataracte. Car la vieillesse a des ambitions de Nil. Elle croit dur comme pierre dans la matière solide et molle du dépôt, dans cette petite couche de roche aqueuse qui va soudain s'agréger. Le limon de la peau, son fertile, c'est la pincée de poussière répandue là, au coin de l'œil, ou bien prise dans la joue, ou bien encore au menton. Et, au dos de la main, les taches de vieillesse œuvrant aveuglément leur tapisserie chthonienne.

Une vie ne remplit pas une peau, elle n'achève pas un épiderme. *Non finito*. Tes caresses n'en finiront jamais de dessiner ma peau. Car elle est toujours forcément esquisse, maintenue au plus près de son invention, dans la tension de ce surgissement. Un épithélium est en puissance, jamais en acte, il déborde le monde de tous côtés. Inachèvement justifié car la perception elle-même de mon corps, sur la page du monde où tu vis, n'est jamais finie.

Ainsi ma peau est-elle toujours en train d'advenir. Elle ne s'étale pas. Elle n'a pas d'effet, elle ne se dépense pas sous tes yeux, pourtant elle est indéfiniment impliquée dans ton monde, mais ne s'y épuise pas.

Oui, la peau évite d'advenir enfin.

BIBLIOGRAPHIE

ANZIEU (Didier), *Le Moi-Peau*, Paris, Dunod, 1995
— « Le dehors et le dedans », Nouvelle Revue de Psychanalyse, Paris, Gallimard, n° 9, printemps 1974

CARRUTHERS (Mary), *Machina memorialis. Méditation, rhétorique et fabrication des images au Moyen Âge* [1998, Cambridge University Press, 1re édition], traduit de l'anglais par F. Durand-Bogaert, coll. « Bibliothèque des Histoires », Gallimard, 2002

DAGOGNET (François), *La Peau découverte*, coll. « Déjà classique ! », Paris, Les Empêcheurs de penser en rond, 1993
DANOU (Gérard), *Le Corps souffrant*. Littérature et médecine, coll. « L'Or d'Atalante », Seyssel, Champ Vallon, 1994
DELAPORTE (François), *Anatomie des passions*, Paris, PUF, 2003
DERRIDA (Jacques), *La Dissémination* [1972, Le Seuil, pour la première édition], coll. « Points Essais », Paris, Gallimard, 2001
— « Le papier ou moi, vous savez... », in *Les Pouvoirs du papier*, Les Cahiers de Médiologie n° 4, Paris, Gallimard, 2001
DIDI-HUBERMAN (Georges), *Ouvrir Vénus. Nudité, rêve, cruauté. L'Image ouvrante, 1*, coll. « Le Temps des Images », Paris, Gallimard, 1999

— *La Peinture incarnée*, suivi de *Le chef-d'œuvre inconnu* par Honoré de Balzac, coll. « Critique », Paris, Minuit, 1985

FREUD (Sigmund), *Inhibition, symptôme et angoisse* (1926), trad. M. Tort, Paris, PUF, 1978

LE BRETON (David), *La Peau et la trace*, Paris, Métailié
— *Des Visages*, Paris, Métailié
— *La Chair à vif. Usages médicaux et mondains du corps humain*, Paris, Métailié, 1993
— *Anthropologie de la douleur*, Paris, Métailié, 1995
— *Anthropologie du corps et modernité* [1990, pour la première édition], coll. « Quadrige », Paris, PUF, 2003

MALLARMÉ (Stéphane), *Quant au livre : le livre, instrument spirituel*, Paris, coll. « Bibliothèque de la Pléiade », *Œuvres complètes*, tome I, Gallimard, 1998

MANDRESSI (Rafael), *Le Regard de l'anatomiste. Dissections et invention du corps en Occident*, coll. « L'Univers Historique », Paris, Le Seuil, 2003

MARTIN (Jean-Clet), *Le Corps de l'empreinte. Études photographiques*, Kimé, 2004

MERLEAU-PONTY (Maurice), *L'Œil et l'Esprit*, coll. « Folio », Paris, Gallimard, 1985
— *Le Visible et l'Invisible*, coll. « Tel », Paris, Gallimard, 1964

MICHAUX (Henri) *Les Commencements*, Saint-Clément-de-Rivière, Morgana, 1984

MICHEL (François-Bernard), *Le Corps défendant. Allergique à quoi ?*, Paris, Gallimard, 2002

PLATH (Sylvia), *Journaux 1950-1962*, Paris, Gallimard, 1999

SEGALEN (Victor), *Les Cliniciens ès lettres*, Saint-Clément-de-Rivière, Fata Morgana, 1980

— *Essai sur soi-même*, Saint-Clément-de-Rivière, Fata Morgana, 1986
— *Essai sur l'exotisme*, Saint-Clément-de-Rivière, Fata Morgana, 1994
— *Journal des îles*, Saint-Clément-de-Rivière, Fata Morgana, 1989
— *Gauguin dans son dernier décor et autres textes de Tahiti*, Saint-Clément-de-Rivière, Fata Morgana, 1986
— *Briques et tuiles*, Saint-Clément-de-Rivière, Fata Morgana, 1987
— *Le double Rimbaud*, Saint-Clément-de-Rivière, Fata Morgana, 1986

SERRES (Michel), *Variations sur le corps*, Paris, Le Pommier, 1999

TISSERON (Serge), « Fonctions du corps et du geste dans le travail d'écriture », *Genesis*, Revue internationale de Critique génétique, n° 5, Paris, Jean-Michel Place, 1998

VALERY (Paul), *L'idée fixe*, Œuvres, II, Paris, Gallimard, coll. « Bibliothèque de la Pléiade », 1960

VÉSALE (André) (Andries Van Wesel, 1514-1564), *De humani corporis fabrica*, Bâle, 1543

VIGARELLO (Georges), *Le Propre et le Sale. L'hygiène du corps depuis le Moyen Âge*, Paris, coll. « Points Histoire », n° 92

ET QUELQUES REMERCIEMENTS

Je sais gré au philosophe François Dagognet de m'avoir ouvert soudain l'esprit à ses métaphores nouvelles pour m'entraîner vers de nouveaux espaces littéraires.

J'avais déjà entamé une sorte d'éloge de la peau dans mes *Blasons d'un corps enfantin* parus en 2000, aux éditions Fata Morgana. David Massabuau et Bruno Roy m'ont accordé l'autorisation tout à fait exceptionnelle de reprendre ici certains textes des *Blasons.* Qu'ils en soient vivement remerciés.

En me proposant, l'an dernier, de tenter de rédiger un essai sur la poésie de Bernard Noël pour le compte des éditions Jean-Michel Place, Zéno Bianu dressait soudain au premier rang de mes préoccupations le concept de peau en littérature. Et lorsque Yvon Girard me proposa d'écrire un petit éloge, je pensai évidemment à poursuivre mon enquête sur la *peauésie.*

Si Christiane Citti figure tout naturellement dans cette page, c'est qu'elle a accepté de se livrer, pour cet ouvrage, à un véritable travail de documentation afin de compléter certaines de mes informations sur la peau.

Quant à Pierre Citti, son époux, il fut l'un des professeurs de l'Université Paul-Valéry, de Montpellier, qui suivirent avec intérêt mes recherches sur la peau en littérature, notamment cette notion absolument moderne d'épithélium que firent émerger tour à tour Huysmans, Valéry, Segalen…

Marie Mislej m'a aidée à étudier les occurrences de la peau dans l'œuvre des plasticiens modernes et contemporains. Qu'elle en soit également chaleureusement remerciée.

Composition Nord Compo
Impression Novoprint
à Barcelone, le 3 décembre 2006
Dépôt légal : décembre 2006

ISBN 978-2-07-034085-9./Imprimé en Espagne.

145328